AF216279

Vergeltungsdurst

Unvergessene Sünden

Kriminalroman

Der Autor

Irfan Atahan, 1979 geboren, ist als Sohn türkischer Gastarbeiter in Bremen geboren und aufgewachsen.

Im Rahmen seiner beruflichen Laufbahn bieten alltägliche, wenn auch wenige, Ereignisse Steilvorlagen für spannende Geschichten, wodurch mit diesem Roman sein Krimi-Debüt beginnt und der zweite Teil schon in Bearbeitung ist.

Bibliografische Information der Deutschen Nationalbibliothek:
Die Deutsche Nationalbibliothek verzeichnet diese Publikation
in der Deutschen Nationalbibliografie; detaillierte bibliografische Daten sind im Internet über dnb.dnb.de abrufbar.

Herstellung und Verlag:
BoD – Books on Demand, Norderstedt

ISBN: 978-3-7494-5517-1

Unerwünschte Begegnungen

»Darf es noch etwas sein?«

Osman Yobaz stand der Schweiß auf der Haar-losen Stirn. Der Mittfünfziger pulte mit dem Finger einen Rest Fleisch zwischen seinen Schneidezähnen hervor, wischte sich mit der zerknüllten Leinen-serviette den Mund ab und ließ den Kellner trotz freundlich-zuvorkommender Art einige Momente lang im Ungewissen.

Erst als dessen Augen den stechenden Blick nicht mehr ertragen konnten und nervös durch das gut besuchte Bremer Edellokal an der Weserpromenade huschten, brach Osman in dröhnendes Gelächter aus.

Mehrere distinguierte Blicke erreichten ihn von den Nachbartischen, doch das kümmerte ihn nicht.

»Die Rechnung«, verlangte er und schnaubte. »Und bevor du fragst, ich war nicht zufrieden. Auf dem Steak war zu viel Salz, die Bohnen noch halb roh und was sollten diese pampigen Pommes?!«

»Das tut mir sehr leid, mein Herr«, versicherte der junge Kellner dienstbeflissen, der seinen Gästen zwischen Edelfisch und Kaviar selten Pommes ser-vierte, und verneigte sich leicht. »Ich werde Ihnen die Rechnung sofort bringen und dem Koch von Ihrer Unzufriedenheit berichten.« Flink räumte er das Geschirr ab.

»Normalerweise müsstet ihr mir Geld geben, weil ich so was Versalzenes gegessen habe!«, schimpfte Osman.

Seine Begleitung und langjährige, etwas jüngere Lebensgefährtin Monika van Hijk legte ihre Hand auf seine.

»Bitte, Osman«, versuchte sie, ihn leise zu beruhigen, »es war nicht schlechter als sonst.« Ihr Blick huschte zum Kellner und eine zarte Röte auf ihren Wangen konkurrierte plötzlich mit dem Kupferton ihrer Haare. »Ich meine, ich war zufrieden – wie immer …«

Osman lachte abfällig, entzog ihr die Hand und fummelte aus der Sakkotasche ein buntes Tuch, mit dem er sich den Schweiß abwischte. Essen strengte ihn immer furchtbar an. »Dich zu befriedigen, fällt ja auch nicht schwer.«

Sichtlich gekränkt kauerte sich seine Begleitung tiefer in den Stuhl. Der mitleidige Blick des Kellners tat das Übrige und ließ ihre Augen feucht werden.

Osman kippte den Rest seines dritten Glas Weins wie Wasser herunter, knallte das leere Glas auf den Tisch und zückte seine beiden Smartphones. Statt seine Brille aufzusetzen, hielt er eines der Geräte, so lang es seine kurzen Arme zuließen, von sich und suchte mit steifem Finger im Telefonverzeichnis nach der Nummer des Cateringservice. Moderne Technik war ihm ein Gräuel.

Er schaltete auf Lautsprecher und noch bevor sein

Gegenüber mehr als die übliche Begrüßungsfloskel loswerden konnte, brüllte Osman bereits seine Befehle hinsichtlich der anstehenden Verlobung seiner Tochter durch den Raum.

»Und diesmal erwarte ich einen reibungslosen Ablauf, haben Sie das verstanden?«, schloss er den Überfall zu später Stunde generalstabsmäßig ab und beendete das Gespräch durch kräftiges Tippen auf den roten Hörer.

***

Mit gewohnter Professionalität übersah der Kellner das schlechte Benehmen des wohlbeleibten und -betuchten Stammgastes, der ihm mindestens einmal die Woche gehörig auf den Nerven herumtrampelte, und brachte das Geschirr in die Küche.

Der Koch blickte ihm neugierig entgegen. »Na? Wie war's heute?«

Er seufzte herzhaft und meinte lapidar: »Klaus, eine fette Rechnung für Tisch 7 - und einen neuen Gast bitte!«

***

Leicht schwankend hielt Osman auf seinen Geländewagen zu, der gleich vor der Tür zum Restaurant auf dem Behindertenparkplatz stand. Er griff in die Hosentasche und suchte nach dem Schlüssel.

Monika nahm ihn an sich, kaum dass er ihn aus der Tasche gezogen hatte.

»Den brauchst du doch nicht, du Sturkopf«, erinnerte sie ihn sanft, »es reicht doch, wenn du ihn bei dir hast. Keyless Go, schon vergessen?«

»Stimmt«, gab er ihr ausnahmsweise recht und öffnete schäbig lachend die Fahrertür. »Steig ein und rede nicht so viel. Ich will nach Hause.«

Monika zog ihn zurück. »Ich denke, wir sollten lieber zu Fuß gehen. Du hast vielleicht ein wenig zu viel getrunken und -«

»Steig mal ein und überlass mir das Denken, ja!?«, brüllte Osman und plumpste schwerfällig in den Fahrersitz.

Monika ging zögernd zur Beifahrertür. Sie hielt den Griff schon in der Hand, doch dann schüttelte sie selten entschlossen den Kopf mit dem kurzen Fransenschnitt und zog den modischen, moosgrünen Wollmantel enger um ihren zierlichen Körper.

»Nein, Osman. Ich gehe zu Fuß. Diese paar Meter.«

Ohne weiter auf ihn zu achten, drehte sie sich um und stöckelte in ihren hohen Stiefeln zur Promenade.

»Kommst du alte Hexe jetzt!«, verlangte er laut und zynisch - vergeblich.

Wütend zog er die Tür zu und versuchte den Wagen zu starten. Doch das klappte nicht. Monika hatte den Schlüssel und damit den Funkbereich, der notwendig war, um das Fahrzeug zu starten, bereits verlassen.

Eine Warnmeldung setzte Osman davon in Kenntnis, dass sich der Schlüssel außerhalb der Reichweite befindet und deshalb nicht starten kann.

Er schlug auf das Lenkrad und stieg wieder aus, knallte die Tür zu.

»Salak karı!«[1], fluchte er, während er ihr hinterherstampfte. Was blieb ihm auch anderes übrig?

***

Osman war aufbrausend und oftmals auch verletzend, aber er war ihr gegenüber selten nachtragend. Monika wusste das, allerdings nicht, was sie immer noch bei ihm hielt.

Liebe? Gewohnheit? Angst vor der Einsamkeit? Sie waren schon so lange zusammen.

Oder war es schlichte Abhängigkeit? Von seinem Geld? Ihrem Job in seiner Firma?

Was sollte sie ohne ihn tun? Und, vor allem, wie und womit?

Sie seufzte und richtete ihren Blick über die Weser-Promenade der Bremer Überseestadt. Neubauten säumten die Uferkante. Kastenförmige, mehrstöckige Bürogebäude mit riesigen Glasfronten, gefolgt von modernen Wohngebäuden ähnlicher Bauart, deren horrende Miete sich ein normalverdienender Bremer niemals leisten könnte.

---

[1] „Dumme Frau!“

Leichter Schneefall hatte an diesem Dienstag im Dezember eingesetzt. Die Flocken glitzerten im Licht der Straßenbeleuchtung und spiegelten sich in den Scheiben der Häuser.

Es dauerte nicht lange und Osman schloss brummelnd, die Hände tief in die Taschen seines schwarzen Mantels gesteckt, zu ihr auf.

Gemeinsam ging das ungleiche Pärchen zwischen weihnachtlich beleuchteten Luxusimmobilien auf das eigene Heim zu. Eine Eigentumswohnung in einem fünfstöckigen Neubau mit bestem Blick auf die Weser.

Monika schloss die Haustür auf.

Osman drängte sich an ihr vorbei. »Geh mal zur Seite. Ich muss auf die Toilette.«

So schnell ihn seine überflüssigen Pfunde ließen, eilte er die zwei Stockwerke rauf.

Monika blickte ihm kopfschüttelnd hinterher und entschloss sich, den Fahrstuhl zu nehmen. Ein wenig Abstand zu Osman würde ihr im Moment gut tun.

Oben angekommen, schoss Osman ihr entgegen, kaum dass sie den Schlüssel ins Schloss der Wohnungstür gesteckt hatte.

»Was ist los?«, fragte sie verwundert.

»So ›ne Schlampe hat meinen Porsche gerammt! Hat grad geklingelt und steht unten vor der Tür. Die kann was erleben!« Er stampfte den Flur entlang.

»Was? Wo …«

Osman drückte auf den Fahrstuhlknopf, drehte sich, während er auf den Aufzug wartete, zu Monika um und tippte sich an die Stirn als Zeichen für ihre Begriffsstutzigkeit.

»Na, unten auf dem Parkplatz vorm Haus, wo denn sonst?!«, dröhnte er, ohne Rücksicht auf Nachbarn und die späte Stunde durch die Etage. Gleich darauf öffnete sich die Tür des Aufzugs.

»Vorm Haus?«, fragte Monika verwundert. Doch sie bekam keine Antwort mehr, die Türen schlossen sich bereits. »Osman! Der Wagen steht noch vorm Restaurant …«

Ärgerlich schüttelte sie den Kopf, schloss die Wohnungstür und ging ebenfalls zurück zum Fahrstuhl.

Während sie auf diesen wartete, schlich sich ein ungutes Gefühl in ihre Magengegend.

***

»Es tut mir ja so schrecklich leid«, murmelte die zierliche, kleine, blonde Frau, die im überdachten Eingangsbereich auf Osman wartete und verlegen gestikulierte. »Es ist nur die Stoßstange. Machen Sie sich keine Sorgen, ich komme selbstverständlich für jeden Schaden auf. Aber bitte … können wir die Polizei da raushalten, ja? Ich möchte nicht, dass mein Mann erfährt –«

Osman eilte auf sie zu. Frauen, die quasselten wie ein Wasserfall, konnte er noch nie leiden. Und Frauen, die Autos fuhren, ohne es zu können, erst recht nicht.

Ein Grund, warum er niemals eine Frau ans Steuer ließ. Welche Frau konnte schon Autofahren? Aber Frauen, die seinem geliebten Porsche auch nur einen Kratzer angedeihen ließen, machten ihn rasend, dann sah er rot.

Mit geballten Fäusten stieß er einen türkischen Fluch aus, den die Verursacherin des Schadens zu ihrem Glück wohl nicht übersetzen konnte.

Doch bevor Osman wusste, wie ihm weiter geschah, landete mit Wucht etwas Hartes auf seinem Hinterkopf, der Schmerz betäubte sekundenschnell seine Gliedmaßen und Osman ging zu Boden.

Halb besinnungslos versuchte er zu erkennen, was passierte. Jemand, den er nicht erkennen konnte, zerrte ihn an die Seite des Gehwegs auf den Rasen. Was sollte das?

Im Zwielicht des Eingangsbereichs, noch bevor sein bewusstes Denken wieder einsetzte, spürte Osman dem Schmerz in seinem Schädel nach. Automatisch griff er nach der Stelle, die sich merkwürdig feucht anfühlte. Er sah auf seine Hand. Sie war blutig.

»Was soll da-?«, lallte er und blickte sich um. Der Rest des Satzes blieb ihm im Halse stecken.

Drei Männer, dunkel gekleidet und vermummt, umringten ihn. Einer hielt in seinen Händen provokativ einen Baseballschläger. Vermutlich der Gegenstand, der Osman am Kopf getroffen hatte.

Der zweite Mann schien unbewaffnet zu sein.

Die größte Gefahr aber ging von dem Mann aus,

der direkt vor ihm stand. In seiner Hand erkannte Osman eine Pistole. Und diese zielte auf ihn.

»Was wollt ihr … ich gebe euch, was ihr wollt …« Osman riss die Arme hoch und versuchte, die Panik zu unterdrücken, als der Typ mit dem Baseballschläger sich neben ihm aufbaute und diesen hob.

Auf ein Zeichen des Mannes mit der Pistole sauste der Baseballschläger mehrfach und treffgenau in Osmans Eingeweide.

Die Luft blieb ihm weg, und damit auch der Schrei, der Schmerz überrannte ihn, er wollte sich aus der Reichweite des brutalen Angriffs rollen, aber damit kassierte er nur einen weiteren Schlag, diesmal in seine Nieren.

Blutrote Flecken tanzten vor seinen Augen. Sein Körper wurde zu einem einzigen Schmerz. Wieder und wieder prasselten Schläge und Tritte auf ihn ein.

***

Der Anblick, der sich Monika van Hijk bot, kaum dass sie das Haus verlassen hatte, veranlasste sie zu einem gellenden Schrei, der ihr jedoch im Halse stecken blieb.

Ihr Bauchgefühl hatte sie nicht getrogen: Osman lag, kaum zwei Schritte vom Weg entfernt am Boden, zwei Männer prügelten brutal auf ihn ein.

Ihr erster Impuls wollte sie Osman zu Hilfe kommen lassen, doch was sollte sie, als schwache Frau, gegen drei bewaffnete Schläger ausrichten?

Ihr Fluchtimpuls siegte. Sie lief zurück zur Tür. Mit zitternden Fingern versuchte sie, den richtigen Schlüssel zu finden.

Doch bevor sie auch nur in die Nähe des Schlosses damit kam, wurde sie von hinten an den Haaren gepackt, von der Tür weggezerrt und erschrak über eine kalte Flüssigkeit, die man ihr ins Gesicht sprühte. Automatisch schloss sie die Augen.

Zu spät. Gleich darauf glaubte sie, ihre Augen würden brennen, unerträglicher Schmerz in Verbindung mit Atemnot ließ sie ihr Vorhaben vergessen. Sie schlug die Hände vor das Gesicht und schrie ihre Qual heraus.

Der Angreifer packte sie jedoch und presste ihr seine Hand auf den Mund. Nur noch ein Wimmern konnte sich aus ihrer Kehle lösen.

***

So schnell, wie alles begonnen hatte, war es auch schon wieder vorbei.

Osman bekam den Angriff auf Monika mit, ohne etwas tun zu können. Aus geschwollenen Augen, kaum noch bei Bewusstsein, blickte er zu ihr. Der Kerl hatte sie gepackt und hielt in der Hand noch die Dose Pfefferspray, mit der er sie außer Gefecht gesetzt hatte.

Osman richtete seine Aufmerksamkeit auf den bewaffneten Angreifer. Dieser schien die Ruhe selbst zu sein und hielt den Augenkontakt aufrecht, ohne mit der Wimper zu zucken.

Plötzlich griff der Maskierte nach Osmans Kiefer und begutachtete sein Opfer sehr genau. Osman seinerseits erkannte an den Augen des Täters eine farbige Person.

»Lulu, gib ma Gas oder was soll das werden?«, fragte der die Freundin Bewachende.

Lulu, wohl ein Mann fürs Grobe, schien die Situation zu genießen, als der Bewaffnete auf Osmans rechtes Bein zielte.

Der Dunkelhäutige nahm Osmans Kopf beiseite und schaute ihm tief in die Augen, während dieser begriff und den Kopf schüttelte, unfähig, einen Ton herauszubringen.

Unvermittelt gellte der Schuss durch die Stille.

Osman erstarrte und schrie schließlich, als er einige Sekunden später realisierte, dass die Kugel seinen Oberschenkel durchschlagen hatte. Ihr folgte ein Schmerz, den er nicht mehr auszuhalten vermochte.

Gnädige Ohnmacht umfasste ihn.

Nächtlicher Einsatz in der Überseestadt

Der Schuss war nicht unbemerkt geblieben. Ein wachsamer Nachbar verständigte die Polizei, noch bevor Monika reagieren konnte.

So fuhren bereits Minuten später die ersten Streifenwagen vor, Beamte riefen den Rettungswagen und übernahmen die Erstversorgung der Verletzten. Weitere Kollegen durchsuchten die Umgebung nach Spuren und den Tätern, und der KDD, der Kriminaldauerdienst, wurde hinzugerufen.

Kurzum, keine halbe Stunde später war die nächtliche Gegend von Blaulicht und Scheinwerfern erhellt und rund um den Tatort hatten sich zahlreiche schaulustige Nachbarn und Promenadenbesucher versammelt.

Um 23:56 Uhr stoppte Polizeihauptkommissar Holger Peters vom K 43, Fachkommissariat Betäubungsmittelkriminalität, die rasante Fahrt seines zivilen Einsatzfahrzeugs mit quietschenden Bremsen so dicht neben dem Transporter der gerade eingetroffenen Spurensicherung, dass der aussteigende Kollege erschrocken beiseite sprang und ihm einen Vogel zeigte.

Peters winkte nur ab, schwang seinen müden Körper aus dem Wagen und stampfte die wenigen Meter zum Tatort.

Die Kälte kroch in seine alten Knochen und ließ ihn innerlich frösteln. Er freute sich auf den Feierabend und sein warmes Bett. Wohl oder übel musste er zugeben, nicht mehr der Jüngste zu sein. Das half nicht gerade, seine meist ohnehin schlechte Laune zu verbessern.

»Was ist denn hier passiert?«, wandte er sich harsch an den Kollegen Thomas Klingebiel vom KDD, während er die markierten Kampfspuren auf dem Gehweg bis zum Rasen begutachtete. Sehr zum Ärger der Spurensicherung, denen er damit ungefragt zwischen die Füße trat.

»Überfall mit Waffengewalt. Männlicher Verletzter mit Schusswunde im Oberschenkel. Seine Begleiterin wurde mit Pfefferspray außer Gefecht gesetzt«, erklärte Klingebiel notgedrungen und schnaubte mit einem verächtlichen Blick auf Peters. »Und Sie? Was verschafft mir die Ehre Ihrer … *Mitarbeit*?«

Man kannte sich. Und man mochte sich nicht. Das lag nicht nur an irgendwelchen persönlichen Abneigungen oder beruflichen Quengeleien, sondern auch daran, dass niemand Peters mochte und Peters seinerseits auch niemanden leiden konnte.

Selten sah man ihn mit einem Partner. In seiner Akte befand sich seit Jahren der Vermerk »Nicht teamfähig«. Peters schob Innendienst oder bekam die Aufträge im Außendienst, die er alleine ausführen konnte und durfte, und alle – bis auf Peters – freuten sich auf seinen bevorstehenden Ruhestand in knapp drei Monaten.

»Anonymer Anruf wegen illegalen Drogen- und Waffenbesitzes. Wo steht der Wagen des Opfers?« Er hatte nicht vor, ein Wort mehr als nötig mit dem *Kollegen* zu reden.

Der Überfall, dessen Blutspuren auf dem angrenzenden Gehweg für Peters ein sehr deutliches Bild des vermutlichen Tatherganges zeigten, sah nach einer Warnung aus. Oder einem Racheakt. Jemand war brutal zusammengeschlagen worden. Die Täter waren bewaffnet gewesen, eine Hülse lag auf dem Boden. Nur ein Schuss.

»Oh? Neuerdings die ganz großen Fische für Sie, Peters? Und man hat Sie alleine drauf losgelassen?«, feixte Klingebiel. »Ob das noch für eine Beförderung in letzter Minute reichen wird, wage ich jedoch zu bezweifeln …«

»Scheren Sie sich zum Teufel, Klingebiel«, fauchte Peters gegen seinen Vorsatz, sich nicht auf eine, nicht mal verbale Auseinandersetzung einzulassen, zurück.

Es gab Kollegen, die er nicht mochte, und welche, die er noch weniger mochte. Ein solcher war der Leiter des KDD. Inhaber eines Postens, auf den Peters sich vor einigen Jahren beworben hatte, aber Klingebiel, weil er, Peters Meinung nach, ein besserer Schleimscheißer beim Chef gewesen war, ergattert hatte. Natürlich unrechtmäßig, wovon Peters damals wie heute überzeugt war.

Die anschließende Prügelei bei Bekanntgabe der

Besetzung der freien Position hatte ihm dann besagten Vermerk und eine Degradierung eingebracht. Klingebiel war natürlich, dank seiner Speichelleckerei, straffrei ausgegangen, was Peters bis heute weder ihm noch seinem Chef verziehen hatte.

So steckte er vorsichtshalber die Hände noch tiefer in die Taschen seiner Jacke, als er sich Klingebiel zuwandte.

»Nochmal zum Mitschreiben für geistig beschränkte Beamte: Wo – steht – der – Wagen?«

Klingebiel ließ sich leider nicht aus der Ruhe bringen. »Der Wagen? Keine Ahnung. Bisher keine Spur von den Flüchtigen. Vielleicht haben die ja den Wagen genommen? Dass wir nicht selbst darauf gekommen sind …«

Nein, Peters würde sich nicht auf das Niveau dieses drittklassigen Hobbyhumoristen herunterlassen.

»Raubüberfall?«

Klingebiel gab sich überrascht. »Ui, Sie denken mit!« Er grinste mitleidig. »Nein, leider falsch gedacht, Peters. Es wurde nichts gestohlen. Schlüssel und Brieftasche befanden sich noch im Besitz des Opfers.«

»Falsch!«, brüllte jemand aus dem Hintergrund. »Meine Telefone sind weg!«

Peters verdrehte die Augen. Wer in dieser Nobelgegend Überfälle verübte, sicher nicht, um ein paar Handys mitgehen zu lassen und die Brieftasche zu verschonen.

Er bahnte sich den Weg durch herumeilende Uniformierte und baute sich vor der Trage mit dem Opfer auf. Der Notarzt versorgte die Beinverletzung.

»Polizeihauptkommissar Peters, Dezernat K 43«, stellte er sich knapp dem Opfer vor. »Was ist passiert?«

»Normalerweise müssen Sie mir das erklären!«, bellte der Angesprochene zurück. »Haben Sie diese Idioten erwischt? Die wollten mich umbringen!«

Peters musterte den Mann, vermutlich türkischer Abstammung. Mitte Fünfzig, wirkte aber verlebter. Schütterer Haarkranz und wohl keine 1,70m groß.

Ein schwarzer Wollmantel, blutverschmiert lag neben ihm auf dem Boden. Offensichtlich hatten die Sanitäter ihm diesen ausgezogen, um ihn besser verarzten zu können.

Das Opfer trug einen teuren, dunkelblauen Anzug, ein helles Seidenhemd und ein unschönes, aber ziemlich auffälliges Goldkettchen um den Hals. Der Mann hatte Geld und wollte es allen zeigen. Allerdings fehlte ihm der Geschmack.

Er war schlimm zugerichtet worden. Zahlreiche Hämatome verunzierten seinen aufgeschwemmten Körper. Eine Kompresse am Hinterkopf zeugte von einem Schlag auf denselben. Das rechte Hosenbein war aufgeschnitten worden und die Schusswunde provisorisch versorgt.

Ein Sanitäter legte ihm gerade eine Infusion an. Beim Einstich der Nadel jaulte der Verletzte auf.

»Wenn die Sie hätten umbringen wollen, dann hätten sie das auch getan«, gab Peters schnaubend angesichts der niedrigen Schmerzgrenze des Opfers zu verstehen. »Name?«

»Woher soll ich die denn wissen?«, kreischte es ihm kurzatmig entgegen. »Das ist Ihr Job!«

So kurz vor dem verhassten Ruhestand – selbst mit Klingebiel im Nacken - bedurfte es deutlich mehr, um Peters aus der Fassung zu bringen. Die Wut des Opfers fachte seine eigene schlechte Laune nur noch an.

Peters schüttelte den Kopf und warf dem Notarzt einen Blick mit hochgezogenen Augenbrauen zu.

»Was erwarten Sie von ihm? Schussverletzung, Schädeltrauma, Rippenbrüche, vermutlich auch innere Verletzungen«, erklärte dieser. »Der Patient steht unter Schock und gehört sofort in die Klinik.«

Peters knirschte mit dem Kiefer. Dann würde er notgedrungen ein wenig freundlicher sein müssen, wenn er Informationen von ihm wollte.

Er zwang sich zu einem kleinen, unverbindlichen Lächeln. »Also, Herr …?«

»Yobaz. Osman Yobaz!«

Zufrieden nickte Peters und stellte das Lächeln wieder ein. »Schön, Sie wissen also doch noch Ihren Namen. Können Sie mir sagen, was genau passiert ist?«

»Nein! Das hab ich Ihrem Kollegen doch schon alles erzählt, wie oft soll ich euch das noch erklären?

Da war diese Tussi an der Sprechanlage, die sagte, dass sie meinen Porsche angefahren hat. Da bin ich natürlich gleich wieder runter. Ich kam aus dem Haus und wurde sofort angegriffen. Und dann einen Schlag auf meinen Kopf und die drei Typen haben mich verprügelt. Danach haben die einfach in mein Bein geschossen!«

»Klingt nach einem Racheakt«, stimmte Peters seinen vorherigen Überlegungen zu.

Er kannte Yobaz nicht, aber dieser hatte es in weniger als drei Minuten geschafft, ihm unsympathisch zu sein. Zugegeben, es gab nicht viele Menschen, die ihm auch nur ansatzweise sympathisch waren. Aber seine innere Stimme, auf die in den meisten Fällen Verlass war, sagte Peters, der Typ war nicht ganz sauber.

Bevor er ihn mit der anonymen Anzeige konfrontierte, wollte er mehr Informationen. Erfahrungsgemäß machten die meisten Beschuldigten dicht, wenn sie erfuhren, wessen man sie verdächtigte.

»Käme da jemand in Betracht? Haben Sie Feinde? Hätten die ein Motiv?«

Mit gerunzelter Stirn starrte der Angeschossene Peters an. »Ich kann nicht mal einer Fliege was antun.«

»Ja, das glaub ich Ihnen sofort«, erwiderte Peters ironisch.

»Herr Kommissar«, ertönte plötzlich eine zarte Frauenstimme – mit holländischem Akzent – neben ihm. »Müssen wir das jetzt besprechen? Er sollte erst mal ins Krankenhaus.«

Peters wandte sich ihr zu. Eine zierliche Rothaarige mittleren Alters, mit verquollenen Augen, verlaufener Schminke und einer Decke über den Schultern blickte ihn mit hundetreuen Augen an. »Und Sie sind?«

»Monika van Hijk. Seine Frau.«

»Freundin!«, bellte es von der Trage zurück.

»Lebensgefährtin dann eben«, beeilte sie sich zu korrigieren. »Ich kam dazu.«

Der Notarzt war fertig und die Sanitäter hoben die Trage in den Krankenwagen.

»Wir sprechen uns noch, Herr Yobaz!«, drohte Peters zum Abschied und sah den Einsatzleiter des KDD auf sich zukommen. Der hatte ihm grade noch gefehlt.

Peters wandte sich der Frau zu. »Und wir setzen uns jetzt mal in den geräumigen Mannschaftswagen.«

Vielleicht konnte sie ihm sagen, wo der Wagen des Opfers stand, in dem sich Waffe und Drogen befinden sollten.

Sie nickte bereitwillig und folgte ihm dicht auf. Peters verabscheute devotes Verhalten. Unwillkürlich ging er auf Abstand und ließ ihr den Vortritt.

Kaum hatte er ihr gegenüber an dem kleinen Tischchen Platz genommen, stellte er auch schon die entscheidende Frage: »Wo steht der Wagen Ihres Lebensgefährten?«

»Wie?« Sie wirkte irritiert. »Vor … vor dem Restaurant dort drüben, am Anfang der Promenade.« Sie deutete mit dem überlangen, aufwändig lackierten Nagel ihres Zeigefingers auf ein Restaurant in Sichtweite.

»Osman hatte was getrunken und ich wollte lieber zu Fuß nach Hause gehen. Aber … was hat das mit dem Überfall zu tun? Wir waren grad erst nachhause gekommen, da klingelte es. Diese Frau sagte, sie hätte Osmans Wagen angefahren und -«

Dieser Tathergang interessierte Peters im Moment nicht. Das sollten die Kollegen aufnehmen, er würde sich den Bericht später vornehmen. Wäre ja noch schöner, würde er deren Arbeit machen.

»Wo ist der Schlüssel?«, unterbrach er sie harsch.

»Den habe ich.«

»Warum sind Sie dann nicht gefahren? Auch zu viel getrunken?«

»Nein …«, gab sie leise zurück und konnte ihm nicht mehr in die Augen schauen. »Osman würde mich nie seinen Wagen fahren lassen.«

Peters nickte. Das passte zum Bild des Opfers, das er sich bereits gemacht hatte. Solche Typen liebten ihren Besitz meist mehr als ihre Partnerin.

»Geben Sie mir den Schlüssel. Wo genau steht das Auto?« Auffordernd streckte er ihr die Hand hin.

Sie zögerte. »Ich weiß nicht … Muss mein Mann das nicht vorher erlauben?«

»Was der erlaubt oder nicht, interessiert mich im Moment nicht!«, brüllte Peters aus dem Stegreif los und stand auf. »Hier geht es um polizeiliche Ermittlungen. Also, entweder geben Sie mir jetzt den Schlüssel oder ich hole ihn mir!«

»Ja, ja, schon gut …« Überrumpelt griff sie in ihre Manteltasche und reichte ihm mit zitternden Fingern ein schwarzes Lederetui.

Peters verließ den Wagen und instruierte einen Kollegen der Schutzpolizei, die Aussage der Frau aufzunehmen.

Schlussendlich musste er den Klingebiel bitten, einen Beamten ins Krankenhaus zu schicken, um das Opfer unter Bewachung zu stellen, da das in dessen Zuständigkeitsbereich fiel. Nicht nur zu Yobaz' Schutz, sondern weil illegaler Waffenbesitz, sofern es zutreffen sollte, meistens weiteres Unheil anzog.

Und egal, was die Lebensgefährtin auch zu wissen glaubte, es war vermutlich nicht mal die Hälfte von dem, was Peters bereits ahnte.

Nächtliche Spurensuche

In Begleitung eines Streifenwagens, in dem auch zwei Kollegen der Spurensicherung saßen, fuhr Polizeihauptkommissar Holger Peters daraufhin zu dem Restaurant, um dem anonymen Hinweis endlich nachzugehen.

»Typisch«, brummte Peters beim Aussteigen.

Er gab den Streifenpolizisten aus dem anderen Fahrzeug einen Wink. »Bevor wir uns den Wagen anschauen, verpasst ihm einen saftigen Strafzettel fürs Parken auf einem Behindertenparkplatz! Abschleppen könnt ihr ihn später.«

Gemütlich an sein Zivilfahrzeug gelehnt, schob er sich ein Pfefferminzbonbon in den Mund und verfolgte mit einigem Abstand zu dem sportlichen Geländewagen, wie die Kollegen von der Streife sich einen irritierten Blick zuwarfen, dann die Schultern zuckten und den Strafzettel ausstellten, um ihn hinter den Scheibenwischer auf der Fahrerseite zu klemmen.

Danach ging Peters auf den SUV zu. Ein Cayenne. Der einzige Geländewagen von Porsche und gern mal als Luxuskarre übersehen. Dieser hier jedoch war dazu viel zu aufgemotzt.

Typisch für den hochnäsigen Eigentümer. Schwarz wie die Nacht, verchromte, glänzende Alufelgen auf sportlichen Breitreifen und ein wenig tiefergelegt. Ein echtes Schmuckstück. Allein die glänzenden Felgen mit der breiten Bereifung waren schon fast so viel wert wie Peters alter Kombi.

Kaum in Reichweite des Senders, der den Schlüssel ersetzte, leuchteten kurz die Blinkleuchten des Fahrzeugs auf zum Zeichen, dass die Türen geöffnet worden waren. Dabei wurden auch die hellen Xenon Scheinwerfer aktiviert.

»So was Beklopptes!«, schimpfte Peters nicht gerade leise vor sich hin.

Er hatte ein Faible für Autos, grad für die, die er sich niemals würde leisten können, und war immer auf dem neuesten technischen Stand der Entwicklung.

»Geben ein Heidengeld für die Karre aus und lassen dann zu, dass jeder Idiot mit entsprechendem Funkverstärker sie klauen kann. Aber passt zur Arroganz des Besitzers.«

Er zog sich Einweghandschuhe über und öffnete die Fahrertür. Mit wenigen, geübten Handgriffen hatte er alle gängigen Verstecke für eine Waffe abgesucht und wurde unter dem Fahrersitz auch gleich fündig.

»Ach, kuck an. Da hat sich aber jemand so gar keine Mühe gegeben …«

Peters ließ die Männer von der Spurensicherung ihre Arbeit machen und die Waffe sicherstellen.

»Ceska, geladen und gesichert«, lautete Klaus Stegners knapper Kommentar, der auch kein Freund vieler Worte war und Peters deshalb einer der liebsten Kollegen, von dem er sogar den Vornamen kannte. Er packte die Waffe vorschriftsmäßig ein. »Im Labor erfahren wir mehr.«

Peters nickte. Wenn der eine Hinweis zutraf, vielleicht auch der andere.

»Klaus, ich schätze, hier gibt es noch mehr Arbeit für dich. Sieh dich mal nach Drogen um. Nehmt die Karre meinetwegen komplett auseinander.«

Während die Spurensicherung ihre Arbeit machte, lehnte sich Peters auf dem Fahrersitz seines Wagens zurück, stöpselte sich die Kopfhörer seines Players in die Ohren und drehte die Lautstärke hoch.

Er seufzte zufrieden. Nichts konnte ihm besser beim Nachdenken helfen als Wagners *Ritt der Walküren*.

Er hatte das Stück in seiner Originallänge von rund acht Minuten noch nicht einmal zu Ende gehört, als die Kollegen der Spurensicherung ebenfalls fündig wurden. In den Seitenverkleidungen waren zwei, jeweils etwa ein Pfund schwere Päckchen versteckt worden.

Noch bevor der Kollege Klaus das Zeitungspapier drumherum abgewickelt hatte, ahnte Peters bereits den Inhalt. Und tatsächlich – das sah nach einem ganzen Kilo Heroin aus.

»Hochinteressant«, befand Peters nach einem positiven Schnelltest, für den nur ein wenig des Pulvers benötigt wurde und der zur Standardausrüstung der Drogenfahnder gehörte.

Er untersuchte das Zeitungspapier. »Türkische

Zeitung … vom 23. November diesen Jahres. Hm … das schreit geradezu nach einem Haftbefehl.«

Er ließ den Wagen ins Präsidium bringen und dann hieß es für Peters endlich Feierabend. Zumindest wollte er noch ein paar Stunden Schlaf genießen, bevor er die nächsten Ermittlungen durchführte.

Der Verletzte lag gut bewacht im Krankenhaus und würde ihnen schon nicht davonlaufen.

***

Holger Peters parkte seinen bescheidenen, wie auch sein Besitzer in die Jahre gekommener Kombi vor dem Haus, das er sein Eigen nannte, und rappelte sich mühsam aus dem Sitz.

Er lebte seit seiner Scheidung vor rund 15 Jahren in dem kleinen, schmucklosen Einfamilienhaus aus den Nachkriegsjahren allein.

Zwischen all den weihnachtlich geschmückten, bunt leuchtenden Häusern ein tristes Heim, an dem die Fassade ebenso vergraut war wie die Gardinen an den Fenstern. Einzig die Pflanzen im Garten und die Orchideen auf den Fensterbänken zeugten von einer gewissen Hingabe.

Peters hatte Pflanzen schon immer mehr geliebt als alles andere. Wäre er doch besser Gärtner geworden, aber diese Einsicht war zu spät gekommen.

Sein Vater war Polizist gewesen und hatte dafür

gesorgt, dass sein Sohn in seine Fußstapfen getreten war. Er war dabei nicht gerade zimperlich gewesen, um seinen Willen durchzusetzen.

Genauso hatte ihn dieser gedrängt zu heiraten. Magda war dem jungen Peters regelrecht hinterhergelaufen. Selbst hätte er sich niemals eine Frau gesucht. Er war schon damals reichlich mundfaul gewesen und hatte sich von anderen ferngehalten.

Doch auf den Druck seiner Eltern hatte er schließlich nachgegeben. Immerhin gehörte es sich, eine Familie zu gründen, und würde ihn in seiner Akte als verantwortungsbewussten Familienmenschen auszeichnen und zu schnelleren Beförderungen führen, hatte sein Vater gemeint.

Wie veraltet dessen Vorstellungen gewesen waren, bekam Peters noch oft genug zu spüren. Familie zählte nicht. Schleimscheißen war wichtig. Siehe Kollege Klingebiel.

Peters holte seine abgewetzte Aktentasche vom Rücksitz und schloss den Wagen ab, dann stampfte er durch den angetauten Schnee den Weg durch den kleinen Vorgarten hinunter. Einen Schritt vor der Stufe zur Haustür rutschte er aus und konnte sich gerade noch abfangen.

Fluchend nahm er sich vor, doch endlich einen Bewegungsmelder für die Beleuchtung zu installieren. Magda hatte ihn schon damals gedrängt, kaum dass die Dinger neu auf dem Markt gewesen waren.

Wieso dachte er gerade heute an sie?

Die Ehe war nicht die schlechteste gewesen, aber man konnte ihr auch keine besondere Bindung nachsagen. Man lebte gemeinsam, tat gemeinsam Dinge, die man tun musste wie Nachbarschaftspflichten, Verwandtenbesuche und so weiter, und jeder hatte seine Verantwortungen, denen er nachkam. Reibereien, Streit oder so hatte es nur selten gegeben.

Wenn er ehrlich war, hatten sie über zehn Jahre gelebt wie seine Eltern.

Magda hatte für ein gemütliches, sauberes Haus gesorgt, sich um die Einkäufe und das Essen gekümmert. Peters hatte das Geld rangeschafft, sich um Reparaturen im und am Haus gekümmert, den Rasen gemäht und sich bei der Gartenarbeit regeneriert.

Seine Exfrau war inzwischen verstorben, worüber Peters nicht sehr unglücklich war.

Auch nach der Scheidung hatte sie es nicht unterlassen können, ihn wieder und wieder als den Schuldigen für das Scheitern ihrer Ehe an die Wand zu stellen.

Natürlich hatte sie recht und er hatte sich und ihr das auch mehrfach eingestanden, aber gereicht hatte es ihr nie. Er hatte sie zu sehr verletzt.

In seltenen ehrlichen Momenten gestand er sich ein, wie leid ihm das tat. Ihre Gefühle für ihn waren immer deutlich tiefer gegangen als seine für sie. Trotzdem war das keine Entschuldigung für sein Verhalten damals gewesen.

Opfer der Umstände, würde man es wohl nennen, wenn es so einen Brummbären wie ihn in die Arme einer anderen Frau trieb. Das einzige Mal in seinem Leben, wo es so eine Versuchung überhaupt gegeben hatte.

Hätte er es dabei belassen, wäre seine Ehe wohl nie in Gefahr gewesen. Aber er Idiot hatte ja gleich eine Affäre draus machen müssen. Hatte sich eingeredet, die Frau zu lieben.

Pah, Liebe! Midlifecrisis war wohl der passende Ausdruck dafür. Seine Hormone hatten ihm einen bitterbösen Streich gespielt.

Allerdings wusste Peters bis heute nicht, wie Magda davon erfahren hatte. Sie hatte eines Tages wortlos ihre Koffer gepackt und war gegangen. Ohne ihm die Möglichkeit einer Wiedergut-machung zu geben, hatte sie die Scheidung eingereicht.

Peters hatte ihre Entscheidung danach nicht mehr hinterfragt und sein Leben alleine gelebt.

Die Ehe war zum Glück kinderlos geblieben und definitiv nichts für ihn gewesen, wie er sich im Nachhinein einredete. Beziehungen hatte es danach auch nicht mehr gegeben.

Er war ein Eigenbrötler und mürrischer Zeit-genosse geworden, das wusste er, doch es scherte ihn nicht.

Peters schloss die Haustür auf, ein Hund bellte in der Nachbarschaft, beim Nachbarn ging das Licht an. Er war ihnen inzwischen ein Dorn im Auge. Das

Dorfleben in Neubruchhausen, ein Ort der Stadt Bassum, etwa 40km südlich von Bremen gelegen, war Peters jedoch herzlich egal. Die Menschen mussten halt so mit ihm auskommen, wie er war.

Er ließ das Licht aus, stellte seine Tasche in dem schmalen Flur auf die Eichenkommode – ein Geschenk seiner Eltern zur Hochzeit -, hing Jacke und Schal an den Haken der dazugehörigen Garderobe, ging in die Küche und holte sich ein Bier aus dem Kühlschrank. Seine abendliche Runde.

Mit der geöffneten Flasche betrat der das angrenzende Wohnzimmer, stellte sich vor die bodennahen Fenster und blickte hinaus in die Nacht, während er seinen Schlummertrunk versuchte zu genießen.

Dort draußen war sein privates Paradies.

In seiner knappen Freizeit werkelte Peters in dem kleinen Garten, der blickdicht nach allen Seiten abgeschirmt war. Er hatte sich hier eine Oase der Ruhe geschaffen, auf die er mächtig stolz war und die er mit niemandem zu teilen gedachte.

Peters konnte sich ganze Tage oder Nächte dort aufhalten, aber bisher hatte er eher selten die Zeit dazu gefunden.

Mit dem Ruhestand würde sich das ändern. Nach Lust und Laune könnte er dann seine Zeit hier verbringen.

Doch der Gedanke, in wenigen Wochen in Pension zu gehen, einfach weil er das entsprechende Alter erreicht hatte, aber noch längst nicht aufgebraucht, geschweige denn dazu bereit war, bescherte ihm einen dicken Kloß im Magen.

Das Bier schmeckte ihm nicht mehr. Halb ausgetrunken ließ er es auf dem Wohnzimmertisch stehen und ging in das gleiche Bett schlafen, das er früher mit seiner Frau geteilt hatte.

Das erfreuliche Geschenk

Je näher der Tag seines erzwungenen Ruhestandes kam, desto schlechter wurde Peters Laune beim Betreten des Präsidiums.

Seit Jahren hatte er ein Büro für sich. Die Kollegen teilten sich lieber zu dritt einen Raum als mit ihm. Peters war das nur recht.

Ruhe verspürte er allerdings die nächsten Stunden nicht.

Sein erster Gang an diesem Morgen glich auch gleich einem nach Canossa. Er brauchte die Zustimmung seines Chefs, den er inzwischen genauso gefressen hatte wie Klingebiel.

Wenn Peters Glück hatte, lag dessen Bericht noch nicht auf dem Schreibtisch ihres gemeinsamen Vorgesetzten.

Natürlich hatte er kein Glück.

»Eine Razzia? Und schon morgen?«

Erster Polizeihauptkommissar Werner Holt runzelte die Stirn mit Blick auf Peters ordnungsgemäß schriftlich gestelltem Antrag auf einen Haftbefehl gegen Osman Yobaz und einen Durchsuchungsbefehl für dessen Wohn- und Geschäftsräume.

»Hm … Sie haben noch nicht mal den Verdächtigen zu den Vorwürfen befragt. Wie ich aus Kollege Klingebiels Bericht weiß, liegt Yobaz nach einem tätlichen Angriff am gestrigen Abend schwerverletzt im Krankenhaus.«

Er blickte über den Rand seiner Brille zu Peters hoch, der sichtlich ungeduldig vor seinem Schreibtisch wartete.

»Wenn wir mit Kanonen auf Spatzen schießen, fällt das auf uns zurück, Kollege Peters, das ist Ihnen doch wohl klar?«

Peters verkniff sich die Ironie, mit einem »Jawohl, Sir!« vor ihm zu salutieren. Bei sich nannte er seinen Chef nur den Fünf-Sterne-General. Korrekt bis ins Letzte mit einer Vorliebe für Untergebene, die ungefragt taten, was er für richtig hielt, und sich damit ihre Beförderungen verdienten. Wie Klingebiel. Nun ja, Peters gehörte definitiv nicht zu der Sorte.

»Ein Drogenfund, Waffenbesitz und ein zeitgleicher tätlicher Überfall auf den Verdächtigen, der sehr nach Racheakt beziehungsweise Drohung aussieht. Ich bitte Sie, Chef, was braucht es denn noch, um zu erkennen, woher hier der Wind weht?«

Werner Holt lehnte sich in seinem Stuhl zurück und musterte Peters. »Sie denken an einen großen Fang in der Drogenszene, um mit einem Knall in den Ruhestand gehen zu können?«

Peters biss sich auf die Zunge. Verdammt, genau das hatte er gedacht. »Und wenn es so wäre?«

Sein Chef richtete seine Aufmerksamkeit zurück auf Peters Antrag und griff zum Stift. »Dann würde ich Ihnen das von Herzen gönnen, Peters.«

Er unterzeichnete und reichte Peters das Schriftstück.

Dieser feixte innerlich und griff danach, doch sein Chef ließ noch nicht los. Eindringlich blickte er ihm in die Augen.

»Übertreiben Sie es nicht, Peters«, warnte er ebenso. »Statt eines Knalls könnten Sie auch leicht zu Fall kommen.«

Das war ihm selbst klar. Aber was hatte er noch zu verlieren?

Auf seinem Dienstgradabzeichen prangten seit eh und je drei Sterne, die verbunden waren mit einem mickrigen Gehalt. Sterne würde er sich nicht mehr dazuverdienen, aber zumindest in eine höhere Gehaltsklasse aufsteigen können. Und es ihnen allen zeigen, dass doch noch was in ihm steckte.

Mit verkniffenem Mund nickte er wortlos, riss den Zettel fast an sich und verließ das Büro. Na bitte, war leichter gegangen, als erwartet.

Peters hätte zufrieden sein können, wäre da nicht der mitleidige Unterton in Holts Stimme gewesen, den er zu hören geglaubt hatte.

Peters restlicher Arbeitstag war ausgefüllt mit der Organisation der Razzia. Widerwillig musste er dafür mit den Kollegen zusammenarbeiten, die ihrerseits auch nicht versessen auf ihn als Leiter der Aktion waren.

Aber am Ende des Tages hatte er alles vorbereitet und war zufrieden.

Gegen Feierabend brachte ein Bote dann endlich

den ersehnten Haftbefehl gegen Osman Yobaz und einen Durchsuchungsbefehl für dessen Immobilien.

Aufgezwungene Partner

Am Donnerstag, dem Tag der Razzia, war Peters bereits kurz nach sechs im Präsidium und freute sich auf den Anblick des leeren Schreibtisches seinem gegenüber, doch heute wurde er herbe enttäuscht.

Ein Laptop stand aufgeklappt mittig darauf, daneben Stifte, Block, zwei Akten und andere Utensilien ordentlich sortiert. Über der Stuhllehne baumelte eine sportliche, dunkelblaue Daunenjacke.

Peters seufzte. Leider war niemand da, den er anbrüllen konnte.

Wen hatte ihm der General diesmal aufgedrückt?

Sah nach LKA aus, Drogendezernat von Landeskriminalamt. Jemanden, der ihn noch nicht kannte. Denn wer schon einmal das Vergnügen mit ihm gehabt hatte, behielt seine sieben Sachen fluchtbereit in der Tasche. Und schon gar nicht traute er sich so früh in sein Allerheiligstes.

Peters hing Jacke und Schal an den Haken, ließ sich auf seinen Stuhl fallen und schob seine abgewetzte, lederne Aktentasche unter den Schreibtisch.

Er beschloss, erst einmal in Ruhe zu frühstücken, das würde ein langer, anstrengender Tag werden. Danach würde er sich um seine Büropflanzen kümmern.

Er holte seine belegten Brote aus der Tasche und wickelte sie aus der Alufolie. Noch während er den ersten Bissen nahm und überlegte, ob die Zeit noch reichte, sich einen Kaffee zu holen oder selbst zu brühen, öffnete sich die Tür.

»Ah! Guten Morgen!«, begrüßte ihn eine junge Frau mit einem strahlenden Lächeln und stellte so selbstverständlich einen Becher mit schwarzem Kaffee vor ihm ab, den zweiten neben dem Laptop, als wäre sie hier seit Jahren heimisch.

»Bitteschön. Ich bin Annika Hansen. LKA, Drogendezernat. Und in diesem Fall zu Ihrer Unterstützung im Fall Yobaz hier. Auf gute Zusammenarbeit!«

Sie reichte ihm die Hand über den Tisch.

Peters, noch das Brot in seinen Händen, starrte sie an und vergaß das Kauen. Was erlaubte sich diese junge Göre ... Mitte 20, der totale Frischling, noch dazu hübsch blond und mit einer Energie gesegnet, die Peters niemals in seinem Leben verspürt hatte? Sie sprühte regelrecht vor Freundlichkeit und Eifer. Widerlich!

Ihm war der Appetit vergangen. Er warf das Brot auf die Folie und ließ sich zurück in den Stuhl fallen.

Sein stummes Starren schien ihr allerdings nicht viel auszumachen. Sie zuckte lächelnd die Schultern, zog ihre Hand zurück, setzte sich und nahm den Kaffeebecher zwischen die Finger.

Während sie Peters ebenfalls musterte, trank sie in kleinen Schlucken.

Nach einer Weile meinte sie: »Man hat mich schon vor Ihnen gewarnt. Vor allem niemals was in Ihren

Kaffee zu schütten außer Kaffee. Aber ich mache mir gern selbst ein Bild. Und ich muss sagen, es ist längst nicht so schlimm wie das, was man mir gezeigt hat.«

»Meinen Sie, ja?«, würgte Peters hervor, sprang aus seinem Stuhl und griff zur Gießkanne auf dem Fensterbrett, um sich um die einzigen Lebewesen zu kümmern, mit denen er gerne redete - seine Pflanzen. Aber nur, wenn es niemand hörte.

»Hübsch haben Sie es hier«, hörte er dafür seine aufgezwungene Kollegin hinter sich sagen. »Wie eine schöne, grüne Oase. Sie haben wirklich ein Händchen dafür. Ich bin leider zu oft auswärts. Manchmal sehe ich mein Büro wochenlang nicht, da wäre jede Pflanze bereits elendig verdurstet.«

Peters wusste immer noch nicht, ob er sie anschweigen oder anbrüllen sollte. Selten, dass so etwas bei ihm vorkam. Woran lag das? Was war an dieser Person anders?

Ihre Reaktion, erkannte er. Jeder andere kuschte vor ihm oder wurde ebenfalls aggressiv. Sie blieb einfach nur freundlich. Etwas, das er nicht gewohnt war und ihn maßlos irritierte.

Er stellte die Kanne ab, räusperte sich und setzte sich wieder. »Was haben Sie für Informationen zu dem Fall?« Automatisch griff er zum Kaffeebecher und trank ein paar Schlucke.

Sie schmunzelte, zwinkerte ihm zu, als hätte sie ihn durchschaut, stellte ihren Becher ab und schlug die oberste Akte auf.

»Osman Yobaz. Türkischer Pass. Lebt seit etwa 15

Jahren wieder in Bremen. Ein Pendler zwischen Bremen und der warmen, türkischen Meeresregion Izmir. 55 Jahre alt. Keine Vorstrafen bekannt. Inhaber eines Großhandels für Biolebensmittel mit etwa 35 Angestellten in Oyten. Bisher keine Auffälligkeiten. Lebensgefährtin Monika van Hijk, 50, niederländischer Abstammung, deutscher Pass. Nichts Aktenkundiges. Eine gemeinsame Tochter, 27 Jahre alt.«

Peters verzog das Gesicht. Entweder hatte dieses junge Ding die Nacht durchgearbeitet oder war seit den frühen Morgenstunden auf den Beinen, um wen auch immer mit ihren Informationen zu beeindrucken.

Also vermutlich wieder ein Kandidat für General Holt mit der Absicht, die Lorbeeren, die sie sich mit diesem Fall verdienen konnten, für sich einzuheimsen. Seine Lorbeeren wohlgemerkt. Doch das würde er nicht zulassen.

Am liebsten hätte er sie aus seinem Büro geschmissen. Aber damit würde er Gefahr laufen, den Fall zu verlieren. Also musste er sich wohl oder übel mit ihr arrangieren. Doch er würde aufpassen wie ein Schießhund!

»Was ist mit dem Rauschgift?«, fragte er daher so neutral wie möglich, um sich seine Aufgewühltheit nicht anmerken zu lassen. Und natürlich, um das junge Ding zu testen.

»Noch im Labor. Es ist Heroin, wie der Schnelltest ja schon gezeigt hat. Mit genaueren Ergebnissen, also

Reinheitsgehalt, wahrscheinlicher Herkunft und so, ist aber erst gegen Abend zu rechnen«, gab Annika Hansen bereitwillig Auskunft.

»Und die Waffe«, kam sie ihm zuvor, kaum dass er den Mund zum Fragen aufgemacht hatte, »ist laut ersten Ergebnissen bereits registriert. Eine illegale, die scheinbar kürzlich bei einer Schießerei auf der Hamburger Reeperbahn benutzt wurde. Ich habe die Akte dazu bereits angefordert. Die SpuSi gleicht inzwischen die Daten ab.«

Peters nickte und musste gegen seinen Willen anerkennen, dass sie ihre Sache bisher mehr als gut gemacht hatte. Natürlich würde er das niemals laut sagen. Das konnte sie auf falsche Ideen bringen.

Er blickte auf die Uhr. Kurz vor sieben. Zeit, um aufzubrechen.

Als er aufstand und seine Jacke überzog, war die Neue bereits an der Tür und hielt sie ihm auf. Natürlich mit einem Lächeln.

Zugriff

Pünktlich um 8:00 Uhr standen die Teams, in erster Linie bestehend aus Beamten der Kripodezernate, dem LKA, Hundestaffel, Zoll, Spurensicherung und Streifendienst, vor Yobaz' Haus in der Bremer Überseestadt und den beiden Firmengebäuden in Oyten.

Sogar der für diesen Fall zuständige Richter Arne Eggers, der die entsprechenden Befehle genehmigt hatte und den Peters nur den Korinthenkacker nannte, weil er noch korrekter als korrekt tat, hatte die Möglichkeit erkannt, dass Beweismittel vernichtet wurden. Somit war Gefahr im Verzug gegeben und man konnte darauf verzichten, den Inhaber der Firma vorweg von dieser Aktion zu unterrichten. Was natürlich ganz in Peters Sinne war.

Vielleicht hatte sich das Glück ja entschieden, sich so kurz vor dem Ruhestand doch noch mit ihm auszusöhnen.

Peters hatte sich und die unwillkommene Kollegin dem Ermittlerteam beim Wohnhaus zugeordnet und sich die Leitung übertragen. Auf der Fahrt hierher hatte er kein Wort gesprochen. Auch wenn die Neue versucht hatte, mit ihm zu plaudern.

Plaudern, pah! Sein Leben ging niemanden außer ihm selbst etwas an.

Seine ersten Worte vor Ort waren daher der

Einsatzbefehl, den er über Digitalfunk gab, der im Gegensatz zum alten CB-Funk abhörsicher war. Und Peters musste sich eingestehen, er genoss das Gefühl.

Zeitgleich an allen drei Orten erfolgte der Zugriff.

Die Beamten vor dem Mehrfamilienhaus sicherten alle Ein- und Ausgänge, den Fahrstuhl, das Treppenhaus und den Flur im zweiten Stock, wo die Wohnung lag.

Peters stand bereit und wippte voller Vorfreude auf den Zehen. Auf sein Zeichen hämmerte ein Mann des Einsatzteams des LKAs gegen die Wohnungstür und gab vorschriftsmäßig sich und seinen Auftrag zu erkennen.

Zum Glück für sie öffnete Monika van Hijk, bevor das Kommando zum Aufbrechen der Tür gegeben wurde.

Kreidebleich stand sie im Flur ihrer Wohnung, während die Männer und Frauen des Teams an ihr vorbeiliefen und sich in den Zimmern der gefühlt 200m² großen Wohnung verteilten.

Peters ließ sich Zeit und war einer der Letzten, die den Flur betraten.

Annika Hansen setzte Frau van Hijk unterdessen über die Durchsuchung in Kenntnis und behielt sie im Auge, damit sie niemanden warnen konnte.

Weitere Personen waren nicht in der Wohnung.

Peters schlenderte durch die Räumlichkeiten. Große, lichte Zimmer, wenige exquisite, meist dunkle Möbel, helle Fliesenböden und überladene

Dekorationen. Nicht sein Stil, aber zu Yobaz passend.

Das Team des LKA war bereits dabei, die Zimmer nach Drogen und weiteren Waffen zu durchsuchen. Sie waren nicht gerade zimperlich und verwandelten das Wenige in ein Chaos.

Immerhin war Osman Yobaz nicht nur Verdächtiger, sondern auch Opfer einer Straftat geworden.

Aus einem der Nebenzimmer hörte Peters eine jammernde Frauenstimme. Sie kam aus der Küche, ebenso modern und kalt eingerichtet wie der restliche Teil des Hauses.

Peters bezweifelte, dass hier viel gekocht wurde. Gemütlichkeit sah für ihn anders aus.

Dafür hatte Magda ein Händchen gehabt. Inzwischen hatte er sich mit den Resten zufriedengegeben, die ihre weibliche Hand hinterlassen und die die Zeit überdauert hatten. Verstaubte Trockensträuße auf den Hängeschränken, angelaufene Sammeltellerchen an den Wänden und durchgewetzte Kissen auf der eichernen Eckbank.

Egal. Immer noch gemütlicher als das hier.

Monika van Hijk stand mit an die geröteten Wangen gepressten Händen inmitten der wuselnden Beamten.

»Herr Kommissar!«, jammerte sie auch gleich in seine Richtung und versuchte sich zu ihm durchzudrängeln. »Bitte hören Sie auf damit! Hier sind keine Drogen oder Waffen versteckt, ich bitte Sie! Wie soll ich das Chaos denn Osman erklären ...«

»Vielleicht erklären Sie mir erst mal, woher die Drogen im Wagen Ihres Lebensgefährten stammen, hm?«, fragte Peters mit deutlicher Schärfe in der Stimme. »Oder wollen Sie das auf Ihre Kappe nehmen?«

»Was?« Tränen schwammen in den Augen der Frau. »Ich … ich …«

»Was?!«, brüllte Peters sie an. »Heraus damit! Wer ist Ihr Lieferant? Und wo sitzen die Abnehmer?«

Noch bevor er nachsetzen konnte, schob sich Annika Hansen zwischen die beiden, warf ihm einen kopfschüttelnden kurzen Blick zu und führte die Frau, leise und beruhigend auf sie einredend, die Hände schützend um deren Schultern gelegt, aus dem Raum.

Peters verschlug es für einen Moment die Sprache. Was erlaubte die sich …?

Dann eilte er den beiden nach.

Annika Hansen hatte Monika auf einem der riesigen, schwarzen Ledersofas im Wohnzimmer platziert und sich neben sie auf die Kante gesetzt und hielt ihr ein Taschentuch hin. Nur allmählich versiegten die Tränen.

»So, Frau van Hijk … und wenn Sie sich bitte beruhigt haben, dann beantworten Sie bitte unsere Fragen«, sprach die Hansen leise auf sie ein, stand auf und zog Peters am Ärmel aus dem Raum.

»Sie haben ja wohl gar keinen Anstand, was?«, schimpfte sie ansatzlos, aber leise mit ihm. »Die Frau wurde Zeuge eines brutalen Überfalls und selbst mit

Pfefferspray verletzt und Sie fallen verbal über sie her wie ein bissiger Seewolf! Schämen Sie sich denn gar nicht?«

Ungläubig starrte Peters die Kollegin vom LKA an. Seewolf, oder auch Steinbeißer genannt, stand gerne mal auf seiner Speisekarte, aber mit diesem Raubfisch verglichen zu werden, gefiel ihm.

Na, dann würde er ihr mal die Zähne zeigen!

»Nö«, erwiderte er schließlich, nicht sicher, ob er brüllen oder lachen sollte. Das junge Ding nahm sich ja eine Menge heraus! Doch ihr Schneid gefiel ihm.

Selten nur wagte es jemand, ihn offen zu kritisieren. Ein zweites Mal wagte es keiner. Fast schon war er gespannt, ob sie es versuchen würde.

»Haben Sie was dagegen, wenn ich die Befragung übernehme?«

Die Frage klang mehr nach einer Feststellung, aber Peters nickte nur und wies mit der Hand zurück in den Raum.

»Bitte – nach Ihnen, werte Kollegin«, gab er dabei ironisch von sich. »Und sollte ich nicht die gewünschten Informationen bekommen, beiße ich Ihnen ebenso in den Hintern wie der Zeugin!«, hing er, wie üblich bellend, hintenan.

Auch wenn es nun aus der Zeugin sprudelte wie aus einem Wasserfall, und Peters zu seinem Leidwesen nicht bissig werden durfte, war sie kein Quell neuer Informationen, was den Überfall oder den Drogen- und Waffenbesitz betraf.

Allerdings verfing sie sich in manchem

Widerspruch, was Yobaz' Firma anging. In erster Linie über dessen zwielichtiges Geschäftsgebaren gegenüber Mitarbeitern, den Zulieferer aus der Türkei und den Leuten von seinen eigenen Anbaugebieten in Afrika und Sri Lanka.

Sie verriet keine brauchbaren Details, sagte aber genug über Yobaz' Charakter aus, um Peters inneres Gespür neue Nahrung zu geben.

Wenn Yobaz keinen Dreck am Stecken hatte, wurde es für Peters wirklich Zeit, in den Ruhestand zu gehen.

Im Haus selbst wurden zu Peters Verdruss weder weitere Drogen noch Waffen gefunden. Aber vielleicht war man ja bereits in den Geschäftsräumen fündig geworden.

Gegen 11:00 Uhr war die Durchsuchung der Wohnung beendet und die Truppe rückte ab – ein Chaos hinterlassend, dem die Bewohnerin schluchzend gegenüberstand.

Die Durchsuchung

»Wohin zuerst?«, fragte Polizeikommissarin Hansen auf dem Weg nach Oyten, zur Firma des Verdächtigen.

Offenbar hatte sie Hoffnung, dass Peters nun mit ihr sprechen würde. Eher musste. Schließlich hatte er das Sagen und das würde er sich auch nicht von ihr nehmen lassen.

Der Weg zum Firmensitz über die A 27, an dem Fußballstadion des FC Oberneuland vorbei, erinnerte sich die Hansen noch an Schlagzeilen über den Verein als dieser Ailton, einen ehemaligen Werderprofi, unter Vertrag genommen hatte. Nicht zu übersehen ist auch die Hochhausgegend Tenevers, einem Bremer Stadtteil, kurz vor der Ausfahrt auf den Oyterdamm in Richtung Oyten.

Der Firmensitz jedenfalls bestand aus zwei Gebäuden, wie die Hansen noch unterwegs mit dem Smartphone recherchierte. In dem einen waren das Büro und das Lager, in dem anderen, ein paar Hundert Meter entfernt, die Produktionsstätte untergebracht.

»Zur Produktionsstätte. Die liegt auf dem Weg«, entschied Peters kurzangebunden und beließ es bei diesen wenigen Worten während der Fahrt dorthin.

***

Auch hier hatte das Einsatzteam bereits gründliche Arbeit geleistet, war aber längst noch nicht fertig.

Peters ließ sich vom hiesigen Leiter Bericht erstatten.

Die Mitarbeiter der Firma waren angewiesen worden, sich außerhalb des Gebäudes auf einem abgesperrten Platz zu sammeln.

Alleine dies und das Aufgebot an Polizeikräften hatten für eine dichte Gafferrunde an Passanten und Besuchern der umliegenden Firmen im Gewerbegebiet gesorgt.

Danach hatte man zunächst die Staffel Spürhunde durch die Lagerhalle mit ihren angrenzenden Räumen laufen lassen. Ihnen waren die Beamten vom LKA-Drogendezernat gefolgt.

Mehrfach hatten die Hunde angeschlagen, bei genauerer Untersuchung der vielen Obstkisten, Säcke mit Nüssen und Fässer mit Apfeldicksaft von Yobaz' eigenen Anbaugebieten war aber nur eines aufgefallen: Frisch war etwas anderes. Was die Hunde rochen, war schlichtweg Fäulnis und Schimmel.

Der *Bio-Händler* stank zum Himmel.

Heroin oder andere Drogen fand man keine. Dafür Hygienemängel, wo immer man hinschaute: angerissene und offene Säcke, zertretene Nahrungsmittel auf dem Boden, faulendes Obst neben frischen Produkten, Lebensmittelreste in den Maschinen, seit Ewigkeiten war kein Staub mehr gewischt worden, geschweige denn in den Ecken saubergemacht.

»Wenn was gepanscht wird, dann hier«, meinte Peters in Anspielung auf das gestreckte Heroin auf dem Weg nach draußen.

»Ein Fall für die Lebensmittelkontrolle«, stimmte die Hansen zu. »Soll ich sie dazu rufen?«

Peters nickte. Hatte auch was Gutes, wenn ihm jemand die Arbeit abnahm. Insbesondere so unliebsame wie Kommunikation mit Kollegen.

»Und dann mal schauen, was der Zoll inzwischen hat. Ich sehe hier nur Schwarzköpfe. Ziemlich verschreckt noch dazu. Vermutlich illegal arbeitende Flüchtlinge. Die Jungs sollen mal kontrollieren, ob die Papiere alle in Ordnung sind.«

***

Danach ging es weiter zur Einsatztruppe beim Hauptgebäude. Das Büro befand sich im ersten Stock.

In das darunterliegende Lager warf Peters nur einen flüchtigen Blick. Hier war man noch kräftig am Ausräumen aus den Hochregalen, was weitere Stunden in Anspruch nehmen würde.

Gefunden hatte man ebenfalls noch nichts, aber das Bild war ähnlich wie in der Produktionsstätte – jede Menge Verstöße gegen Lebensmittelvorschriften und vermutlich auch gegen das Arbeitsrecht.

Das war jedoch nicht Peters Problem und er

überließ es gern den zuständigen Kollegen.

Er begab sich mit Annika Hansen, die nicht von seiner Seite wich – und wenn doch, ihn jederzeit im Auge hatte, was ihn irritierte und ärgerte -, in die Büroetage.

Mittlerweile war es 12:38 Uhr.

Auch hier ließ sich Peters vom Einsatzleiter auf den neuesten Stand der Ermittlungen bringen.

Konkrete Beweise hatte man bisher nicht gefunden, jedoch mussten die konfiszierten Unterlagen noch gründlich überprüft werden. Das würde Tage, eher Wochen, in Anspruch nehmen.

Die zehn Angestellten hatte man in einer Art Besucherzimmer oder Konferenzraum versammelt, um sie nebenan einzeln zu befragen.

Deutlich konnte Peters die Handschrift der Lebensgefährtin beim Einrichtungsstil erkennen. Sie war dann auch, zu seinem Erstaunen, unter den Anwesenden.

»Ach, Frau van Hijk, ich hätte Sie hier heute nicht mehr erwartet«, knöpfte sich Peters die Dame gleich als Erste vor.

»Na, so lange Osman im Krankenhaus liegt, muss sich doch einer um das Geschäft kümmern«, gab sie anklagend zurück. »Und nachdem, was Sie bei mir zuhause angerichtet haben … zum Glück habe ich meine Putzfrau erreichen können, die wird erst mal etwas aufräumen.«

»Und Sie können hier in der Zwischenzeit schnell noch ein paar Beweise vernichten?«, fragte Peters beiläufig.

»Wie?« Die Frau lief puterrot an, ihr Blick huschte durch den Raum, als würde sie nach einem Fluchtweg Ausschau halten.

Hansen und Peters wechselten einen vielsagenden Blick.

Schau an, das junge Ding kapierte schnell.

Dann straffte sich die Lebensgefährtin des Geschäftsbesitzers wieder und sah Peters starr in die Augen. »Wir haben nichts zu verbergen! Schauen Sie sich nur ruhig um!«

»Machen wir«, meinte Peters genüsslich. »So wie die Kollegen vom Zoll und der Lebensmittelkontrolle unten in Ihrem Lager und nebenan in der Produktionsstätte.«

Einen Moment lang rang sie nach Worten. »Darf ich mit unserem Anwalt telefonieren?«, brachte sie schließlich hölzern heraus.

Peters nickte. »Sicher doch. In Ihrem Büro. Bitte führen Sie uns doch gleich mal dahin, ja?«

Die Freundlichkeit in seiner Stimme verwirrte nicht nur die Umstehenden, die Peters launige Art kannten, sondern auch die Hansen und, was der Zweck der Aktion war, die van Hijk.

Sie stöckelte ihnen vorweg den langen Flur entlang zu ihrem, von der Größe her doch recht bescheidenen Büro. Es lag, wie Peters auf dem Weg an den kleinen Namensschildchen lesen konnte, gleich neben dem des Prokuristen und verfügte auch über eine Verbindungstür dorthin.

Der Raum war nicht menschenleer wie erwartet. Ein dürrer Mann mittleren Alters, kurze, graue Haare, schmallippig und grimmig guckend, den rechten Arm bis zur Schulter hinauf in Gips, stand hinter ihrem Schreibtisch.

Augenscheinlich hatte er in den Schubladen etwas gesucht.

Sein Verhalten schien die Dame nicht weiter zu verwundern. Vielleicht hatte sie sogar in Auftrag gegeben, belastendes Material klammheimlich verschwinden zu lassen. Nur hatte er da wohl Pech gehabt, der Raum war bereits durchsucht worden.

»Und Sie sind?«, fragte Peters den Mann. »Wieso sind Sie nicht bei den anderen?«

»Der Prokurist, Piet Hildebrandt. Ich wurde schon verhört. Und wer sind Sie? Mit welchem Recht –«

»Lass gut sein, Piet«, unterbrach ihn die van Hijk.

»Kommen wir doch gleich mal auf Ihre kleine Blessur dort zu sprechen«, verlangte Peters. »Wie ist das passiert und wieso sind Sie nicht krankgeschrieben und arbeiten?«

»Muss ich Ihnen das sagen?«, lautete die misstrauische Gegenfrage.

Peters zuckte die Schultern. »Müssen Sie natürlich nicht. Allerdings müsste ich mich dann fragen, ob das gestern beim Überfall auf Ihren Chef passiert ist.«

Der Mann schnappte ebenso wie seine Chefin nach Luft.

»Also? Ich höre …« Gelangweilt setzte sich Peters

auf den Besucherstuhl vor dem Schreibtisch.

Kerzengerade stand der Prokurist auf der anderen Seite. »Ich habe nichts damit zu tun!«

»Und woher stammen Ihre Blessuren?«, hakte Peters nach.

Als keine Antwort kam, stand Peters wieder auf. »Wie Sie wollen. Dann habe ich hier wohl einen Tatverdächtigen vor mir stehen. Hansen!«

Annika Hansen trat ein paar Schritte näher.

Monika van Hijk schlug entsetzt die Hände auf den Mund.

Hildebrandt begriff, dass es besser war für ihn zu reden.

»Wenn Sie es genau wissen wollen, ich wurde letzte Woche ebenfalls überfallen«, erzählte er schließlich zögerlich.

»Haben Sie denn Anzeige erstattet, Herr Hildebrandt?«, fragte die Hansen, noch bevor Peters was sagen konnte.

Er warf ihr einen ärgerlichen Blick zu, den sie geflissentlich ignorierte. Freches Ding!

»Ja, das habe ich.«

Nervös wechselte der Prokurist einen Blick mit Yobaz' Lebensgefährtin. Sie schüttelte den Kopf, allerdings war nicht klar für Peters erkennbar, ob als Anweisung für Hildebrandt gedacht, den Mund zu halten, oder aus Entsetzen, er könnte etwas mit dem Überfall zu tun haben.

»Nun, ich denke, wir haben da noch ein paar Fragen an Sie«, meinte Peters, misstrauisch geworden. »Gehen Sie mit meiner Kollegin in einen ruhigen Raum und schildern Sie ihr den Tathergang. Vielleicht ergibt sich ja eine Verbindung zwischen den beiden Überfällen. Das wäre doch auch in Ihrem Sinne und würde zu Ihrer Entlastung beitragen, oder?«

»Wenn Sie meinen«, brummte der Mann, ohne Peters in die Augen blicken zu können, und folgte der Hansen nur widerwillig.

»Und nun zu Ihrem Anruf, Frau van Hijk.«

»Anruf?«

»Bei Ihrem Anwalt«, erinnerte Peters sie. »Aber ich vermute, der ist bereits bestens informiert, oder nicht?«

»Ich werde mich über Sie beschweren«, gab sie ihm zur Kenntnis. »Wir sind die Opfer und Sie behandeln uns wie Schwerverbrecher!«

»Tun Sie sich keinen Zwang an. Sie wären nicht die Erste und sind vermutlich auch nicht die Letzte.«

Peters grinste. Die letzte Dienstaufsichtsbeschwerde war immerhin schon fast drei Jahre her.

Seit er sich keine Hoffnung mehr auf eine Beförderung gemacht hatte, tat er alles, um dennoch einen bleibenden Eindruck für nachfolgende Generationen zu hinterlassen.

Seinem Ruf musste man schließlich irgendwie gerecht werden.

***

Nach getätigtem Anruf gesellte Peters die Dame zurück zu den anderen.

»Fällt Ihnen was auf?«, fragte die Hansen leise an seiner Seite. »Keine Angestellten mit Migrationshintergrund.«

»Stimmt«, gab Peters zu, innerlich verärgert, dass ihm das noch nicht aufgefallen war, aber das wollte er sich nicht anmerken lassen. Und schließlich hatte die Hansen einen zeitlichen Vorsprung gehabt. »Ungewöhnlich. Nach den ganzen Schwarzköpfen im Lager und im Bereich der Produktion.«

Den missbilligenden Blick der Hansen ignorierte er.

Er war schon zu lange im Dienst. So kurz vor dem Ruhestand würde er sich eingefleischte Begriffe nur aufgrund irgendwelcher absonderlichen Neuerungen, basierend auf Empfindlichkeiten gewisser Leute – und damit meinte er die eigenen Landsleute - nicht abgewöhnen.

Wozu umständlich umschreiben, was man klar ausdrücken konnte?

»Neue Informationen oder Spuren zu einem Mittäter oder Mitwisser? Oder zu dem Überfall?«, fragte er stattdessen.

Die Hansen schüttelte den Kopf. »Beliebt ist der Chef wohl nicht grad, aber bisher ist keiner dabei, der einen offensichtlichen Grund hätte, ihm zu schaden. Oder sich verdächtig gemacht hat. Und von alleine wird wohl keiner reden.«

»Dann werden wir wohl tiefer graben müssen

und kucken, was wir finden.«

»Oder weiter weg …«, überlegte die Hansen, ohne dass Peters ihren Gedankensprüngen sofort folgen konnte.

Typisch Frau. Ein Verhalten, das ihn auch an Magda angewidert hatte. Irgendwas in den Raum schmeißen, ohne es zu klären oder zumindest den Zusammenhang zu erwähnen, und sich dann Tage später beschweren, er hätte mal wieder nicht zugehört!

Weiber! Nein, Peters war sich sicher, richtig gehandelt zu haben. Ohne Frau war er besser dran.

Die Hansen wandte sich in der Zwischenzeit an den Prokuristen: »Geben Sie uns bitte eine aktuelle Liste aller angestellten Personen, sowie eine Liste derer, die in den letzten zwölf Monaten hier gearbeitet haben – und bitte mit Kündigungs-grund!«

»Was interessiert Sie der Kündigungsgrund?«, fragte Peters, der ihr nicht ganz folgen konnte und dem ihr ständiges »Bitte« ziemlich auf die Nerven ging.

»Ich habe gestern mal ein bisschen im Internet recherchiert. Seine Kunden scheinen durchweg zufrieden zu sein, aber als Arbeitgeber hat Yobaz einen überaus schlechten Ruf. Das spricht sich rum.«

»Im Netz?«, fragte Peters ungläubig.

»Ja. Es gibt Seiten, wo man seinen Arbeitgeber bewerten kann.« Sie schmunzelte. »Soll ich mal kucken, was es über diesen so gibt?«

Peters schnaubte. Auf was für Ideen die Leute kamen.

Er liebte das Internet nicht sonderlich. Das überließ er der jüngeren Generation. Seine Recherchen führte er gerne vor Ort oder von Angesicht zu Angesicht durch. So war es viel leichter, Wahrheit von Lüge zu unterscheiden. Gedruckten Worten, sei es auf Papier oder einem Bildschirm, konnte man schließlich selten ansehen, ob sie nicht gelogen waren.

Während sie auf die Liste warteten, die der Prokurist murrend unter Aufsicht eines Beamten erstellte und ausdruckte, hörten sie in die Verhöre rein, aber außer, dass alle vor dem Chef drucksten, schien niemand soweit gehen zu wollen, sich an ihm zu rächen.

Peters erschien der Racheakt auch nicht wie der eines Angestellten mit *Nichtmigrations-Hintergrund*, wie er ironisch überlegte. Schläger hinzuschicken und eine deutliche Warnung in Form eines Schusses abzugeben, wies eher auf Russen- oder Drogenmafia oder das Rotlichtmilieu hin. Vielleicht gab es sogar eine Verbindung in die Rockerszene?

»Bitte.« Die Hansen reichte ihm die Liste. »Der untere Teil ist interessant«, meinte sie.

»Eine ganz schöne Fluktuation«, stimmte Peters zu. »Frei nach dem Motto: Wer nicht kuscht, der geht.«

»So sieht es zumindest aus.«

Futtern wie bei Muttern

»Ich habe Hunger. Gehen wir was essen?«, schlug die Hansen vor, als sie gegen 15:30 Uhr endlich im Wagen saßen, Peters am Steuer. »Vielleicht kennen Sie ja was Gutes auf dem Weg ins Präsidium?«

Peters schnaubte. Er konnte sich nicht erinnern, wann er das letzte Mal auswärts gegessen hatte. Das musste Jahre her sein und hatte vermutlich einen betriebsinternen Grund gehabt, bei dem Anwesenheit Pflicht gewesen war.

»Nö. Kenne ich nicht. Haben Sie nichts dabei?«

Leider musste sich Peters eingestehen, bei seinem fluchtartigen Aufbruch am Morgen seine Verpflegung im Büro gelassen zu haben. Auch sein Magen knurrte.

Sie schüttelte den Kopf und musterte die umliegenden Betriebe im Gewerbegebiet. »Mir waren die Pausenbrote meiner Mutter immer ein Graus. Ich war froh, als ich auswärts essen konnte.«

Sie grinste ihn verschwörerisch an. Peters ignorierte es.

Ihr Blick fiel wieder aus dem Fenster. »Da drüben – das Schnellrestaurant, sieht lecker aus. Gute, deutsche Hausmannskost.«

Sie lachte über seine verzogenen Mundwinkel. »Na kommen Sie, Peters, bitte, bei dem Slogan können Sie das wagen. *Futtern wie bei Muttern.* Ihre konnte sicherlich besser kochen als meine.«

»Sie kann es vermutlich immer noch«, gab Peters unbeabsichtigt zu.

Der Kontakt war vor Jahren abgebrochen. Genaugenommen mit seiner Scheidung.

Für seine Mutter war sein Verhalten so unverzeihlich wie für seine Ehefrau gewesen – wenn auch aus anderen Gründen. Was sollten die Nachbarn denken? Was sein Arbeitgeber? Was wurde nun aus seiner Laufbahn?

Über so etwas redete man nicht, wenn es denn vorkam. Man hielt es stillschweigend in den eigenen vier Wänden gefangen und sorgte umsichtig dafür, dass es nicht ans Licht der Öffentlichkeit geriet. Was in diesem Fall auch für Peters beruflich nicht von Vorteil gewesen wäre. Und niemals, aber auch wirklich niemals, durfte die Ehefrau davon erfahren.

In Peters war damals der Verdacht gereift, sein Vater, der zu diesem Zeitpunkt bereits verstorben war, hatte ähnliche *Verbrechen* begangen, und weil sich seine Mutter nicht mehr an ihm rächen konnte, hatte sie sich auf Magdas Seite geschlagen.

Um dem ständigen Gezeter und Anklagen zu entgehen, hatte sich Peters kurzerhand nach Abwicklung aller Formalitäten von beiden weiblichen Familienmitgliedern distanziert.

Seine Mutter lebte mit ihren knapp 90 Jahren in einem Altersheim bei Celle. Ihr ging es gut und sie war noch recht mobil.

Natürlich hielt er sich heimlich auf dem Laufenden, was ihren Gesundheitszustand betraf.

Das gehörte sich als Sohn einfach. Mit ihr zu reden, auch nach all den Jahren, kam allerdings nicht in Frage. Sie wusste, wo er wohnte, sollte sie sich bei ihm entschuldigen wollen.

»Vermutlich?«, hörte er diese penetrante Göre an seiner Seite nachhaken. »Dort drüben ist ein Parkplatz frei.«

»Ich pflege keinen Kontakt mehr zu dieser Dame«, gab er widerwillig und mit deutlichem Sarkasmus zurück und fuhr den Dienstwagen in die von ihr gewiesene Lücke.

Als ihm bewusst wurde, wie selbstverständlich er tat, was sie wollte, hätte er am liebsten ausrangiert und sich eine andere gesucht. Aber das hätte selbst für ihn lächerlich ausgesehen. So eine Blöße wollte er sich denn doch nicht geben.

»Ah!«, machte die Hansen, als würde sie verstehen.

Nichts verstand sie. Gar nichts! Grollend hüllte er sich in Schweigen.

Der Jüngeren hinterherstampfend, begab er sich in das gutbürgerliche Lokal, das von innen mit seiner hochwertigen Ausstattung weniger den Eindruck eines Schnellimbisses machte.

Die Hansen wählte einen Tisch in einer ruhig gelegenen Ecke. Peters setzte sich ohne Murren dazu. Aber nur, weil ihm sein Vater beigebracht hatte, dass es sich so gehörte einer Dame gegenüber.

Dame, pah!

Die Hansen griff zur Karte. »Darf ich Sie bitte

einladen? Als meinen Einstand sozusagen?«

Peters schnaubte und schnappte sich ebenfalls eine Speisekarte. »Ich werde Sie kaum länger als ein paar Tage ertragen müssen und meine Rechnung kann ich noch gut selbst bezahlen!«

Sie zog kurz eine Schnute, sagte aber nichts. Bis auf: »Schnitzel klingt gut. Das nehme ich.«

Sie winkte der jungen Bedienung, die gleich darauf zum Tisch zuckelte.

»Was darf's sein?«, nuschelte diese lustlos kaugummikauend vor sich hin.

»Ein Wasser und das Schnitzel mit Reis bitte«, bestellte die Hansen nach der so überaus freundlichen Begrüßung.

»Und Sie?«, wandte sich die Bedienung an Peters.

»Dasselbe – mit Bratkartoffeln!«, sagte er kurzangebunden und lehnte sich mit verschränkten Armen in den Stuhl zurück. »Kommen wir auf den Fall zurück. Je eher wir ihn lösen, desto eher –«

»Haben Sie wieder Ihre gewohnte Routine«, konterte die Hansen. »Verstehe ich. Also gut. Mein Eindruck ist, der Yobaz ist nicht ganz sauber, was sein Geschäft anbelangt. Im Waffen- und Drogenmilieu ist er allerdings bisher noch nicht aufgefallen. Vielleicht ist er auch noch neu im Geschäft. Denn gefunden haben wir ja auch nichts. Und dieser Überfall … sieht nach Racheakt oder einer Warnung aus. Vielleicht war er dem Kartell noch was schuldig, oder er betrat Boden, den andere für sich beanspruchen.«

Peters nickte. Ziemlich schlau gedacht, fand er. Beruflich konnte er fast mit ihr auskommen.

»Das herauszufinden, ist unser Job. Den Rest sehe ich genauso. Also, bringen wir das hier hinter uns und sehen uns die Firmenunterlagen des Herrn mal genauer an. Morgen nehmen wir uns dann den Yobaz selbst vor.«

»Dann wünsche ich vorweg noch guten Appetit«, meinte die Bedienung ironisch, die im selben Moment das Essen servierte.

Peters musste schließlich vor sich selbst zugeben, auch wenn es nicht das beste Essen gewesen war, so gut hatte es ihm schon lange nicht mehr geschmeckt.

Ob das an der Gesellschaft gelegen hatte? Vielleicht, vielleicht aber auch nicht.

Immerhin, sie hatte ihn mit ihren privaten Fragen in Ruhe gelassen und sogar überwiegend den Mund gehalten.

Trotzdem wurde er das Gefühl nicht los, dass sie ihn durchschaut hatte.

Klinikum Bremen Mitte

Ihre erste gemeinsame Amtshandlung am nächsten Morgen führte Peters und Hansen ins Krankenhaus.

Bevor Peters sich mit dem Verdächtigen auseinandersetzte, befragte er den zuständigen Arzt nach Yobaz' Gesundheitszustand. Dieser war heute wieder vernehmungsfähig.

Genau das hatte Peters hören wollen. Deutlich besser gelaunt machte er sich auf zum Krankenzimmer.

Der wachhabende Beamte erstattete Peters kurz Bericht. Kontakte zur Außenwelt waren Yobaz untersagt, der Besuch seiner Lebensgefährtin abgewiesen worden.

Peters nickte und öffnete zufrieden die Tür.

Yobaz bot ein Bild des Elends. Den Kopf zierte neben diversen Hämatomen und blutunterlaufenen Augen ein dicker Verband, um den Hals trug er eine HWS-Schiene und um die Brust ein Korsett, um die Rippen zu stützen. Das angeschossene, verbundene Bein hatte man ebenfalls mit einer Schiene ruhiggestellt. Mitleid erweckte der Anblick in Peters jedoch nicht.

»Na endlich!«, brüllte es ihnen auch schon entgegen. »Haben Sie diese Typen? Und warum sperrt ihr mich hier ein?«

Holger Peters trat in den Raum, gefolgt von seiner

Kollegin. Ihm entging nicht der anzügliche Blick, den Yobaz ihr zuwarf. Seine hochgezogenen Augenbrauen verliehen ihm etwas Teuflisches.

Peters steckte die geballten Hände tief in die Taschen seiner Jacke und baute sich vor dem Fußende des Bettes auf. Dass er damit den Blick auf Annika Hansen verstellte, bemerkte er nicht einmal.

»Noch nicht. Aber dafür dies hier …« Er nickte der Hansen zu.

Sie holte den Haftbefehl aus ihrer Aktentasche und hielt ihn Yobaz unter die Nase.

»Das erklärt es sicher …« Peters genoss den Moment wie jeden dieser Art vorher: »Herr Osman Yobaz – ich verhafte Sie wegen illegalen Waffen- und Drogenbesitzes.«

Fünf Sekunden war es still im Zimmer. »Waffen? … Drogen? … Ich? … Wisst ihr überhaupt, wen ihr vor euch habt?«, kam es dann flüsterleise vom Bett her. Und schon deutlich wütender und lauter: »Ihr werdet von meinen Steuern bezahlt! Was ich im Jahr bezahle, verdient ihr in eurem ganzen Leben nicht!«

Peters zuckte ungerührt die Schulter. »Ihr Unternehmen ist in Niedersachsen ansässig. Gewerbesteuern zahlen Sie dorthin. Mein Gehalt zahlt die Stadt Bremen. Also kann man mir kaum einen Interessenkonflikt vorwerfen.«

Hinter sich hörte er Annika Hansen leise kichern und vor sich den Verdächtigen laut schnauben.

Dann setzte eine türkische Schimpftirade ein, von der Yobaz dankbar sein durfte, dass Peters kein Wort verstand. Sie endete vorläufig mit:

»Ağzınıza sıçayım sizin orospu çocukları!«[2]

Die Hansen hatte ihn unterbrochen. »Danke, ich verspüre derzeit keinen Hunger, Herr Yobaz, und meinem Kollegen sind Ihre Fäkalien zu streng gewürzt. Ich hole Ihnen aber gern eine Schwester, damit Sie Ihnen eine Bettpfanne bringt und Sie unsere Mütter nicht weiter beleidigen müssen«, konterte sie mit einem freundlichen Lächeln.

Yobaz blieb der Mund offenstehen.

Peters starrte sie nur verständnislos an.

»Ich will. Sofort. Mit. Meinem. Anwalt reden!«, brachte Yobaz mit sichtbar schlecht beherrschter Wut hervor.

»Ihr gutes Recht. Er wird Ihnen dann auch von der Razzia gestern in Ihrem Haus und Ihrer Firma berichten«, meinte Peters und schob die Kollegin vor die Tür, während aus dem Raum ein erneuter türkischer Redeschwall folgte.

Peters war neugierig. »Sie sprechen Türkisch? Was hat er zum Schluss gesagt?«

Sie lachte leise. »Ich spreche nicht viel, aber ich verstehe es recht gut. Er wollte in unsere Münder schei... - na, Sie wissen schon. Und er hat uns als Hurensöhne bezeichnet.«

Peters nickte und musterte die Jüngere, bevor er

[2] „Ich scheiß in eure Münder, ihr Hurensöhne!"

sich zum Gehen wandte und murmelte: »Gut gemacht.«

Diesmal war es an Annika Hansen, ihm mit offenstehendem Mund hinterher zu starren, bis sein brüllendes Lachen sie folgen ließ.

***

Zurück im Präsidium sichteten Peters und Hansen zunächst die sichergestellten Unterlagen aus Yobaz' Haus und sortierten vorweg aus, was brauchbar für weitere Ermittlungen erschien.

Viel fanden sie nicht.

Aber sie hofften, die Kollegen der anderen Teams hatten mehr Erfolg gehabt.

Gegen 22 Uhr machten sie endlich Feierabend und gingen ins Wochenende.

***

Peters fuhr nach Hause und nach einem kurzen Blick in seinen Garten legte er sich ins Bett.

Er war müde. Verdammt müde.

So sehr der Tag auch eine Abwechslung vom täglichen Trott gewesen war, jeden Tag würde er das nicht mehr machen wollen.

Doch was würde danach kommen? In nur ein paar Wochen?

Peters spürte etwas in sich hochkriechen, das er sein Leben lang nicht gekannt, in den letzten

Monaten aber bereits einige Male gefühlt, wenn sich auch bis heute nicht eingestanden hatte: Einsamkeit.

Ein Gefühl, mit dem er nicht umgehen konnte.

Lange lag er noch wach und grübelte, hielt die längst überfällige Innenschau.

Das Bisschen, was er an menschlicher Nähe und Kontakte je gebraucht hatte, fand er während seiner Arbeit. Wurde ihm die gegen seinen Willen genommen – und als nichts anderes empfand er den aufgezwungenen Ruhestand -, dann hatte er nichts mehr. Nichts und niemanden.

Andere Rentner hatten Familie. Verwandte. Kinder. Oder zumindest Freunde. Haustiere. Oder Hobbys, die sie mit anderen Leuten in Kontakt brachten.

Peters konnte nichts davon vorweisen. Er hatte nur seinen Garten und der war ein sehr stiller Gesprächspartner.

Seine müden Gedanken wanderten zurück zu den letzten Tagen. Zu Annika Hansen, die ein wenig Farbe in seinen tristen Alltag gebracht hatte.

Sie nahm ihn, wie er war, ließ sich durch seine ruppige Art nicht verschrecken.

Sie war jung, lebensfroh. Sie hatte noch alles vor sich.

Es sollte ihn nichts angehen, aber er wünschte sich für sie, dass sie es besser machte als er.

»Sie kann sich freuen, dass sie nicht so einen Brummbären wie mich zum Vater hat«, murmelte er schlaftrunken vor sich hin, »dann wäre aus dem

Mädel nix geworden …«

Spurenauswertung

Am Montagmorgen hatte Polizeihauptkommissar Peters seine leisen Selbstzweifel überwunden und traf die Kollegin wider Willen bereits in seinem Büro an, als er um 7:54 Uhr erschien.

Die Hansen hämmerte so flink auf den Tasten ihres Laptops herum, dass Peters ganz schwindelig vom Zuschauen wurde.

Er schrak zusammen, als der Drucker in der Ecke hinter der Tür ratternd ansprang. Das alte Ding machte einen Lärm wie ein startender Düsenjet.

Annika Hansen blickte kurz auf und unterdrückte sichtbar ein Schmunzeln.

»Guten Morgen, Kollege Peters. Schönes Wochenende gehabt?«, fragte sie freundlich, während sie weitertippte, ohne die Geschwindigkeit zu unterbrechen.

»Pah!«, brummte Peters, neidisch auf ihre Fähigkeiten, sich gegen dieses neumodische Ding zu behaupten, hing Jacke und Schal an den Haken und schubste seine Aktentasche mit dem Fuß unter den Schreibtisch, bevor er sich schwer auf seinen Stuhl fallen ließ.

Die Hansen stand auf, ging zum Drucker, um die Ursache für Peters halben Herzinfarkt herauszunehmen, nickte zufrieden über den Ausdruck und legte ihn vor Peters auf dessen Schreibtischunterlage.

»Hier, bitte. Eine vorläufige Zusammenfassung aller Ergebnisse unserer Ermittlungen. Ich hole uns erst mal einen Kaffee.«

Und weg war sie, bevor Peters den Mund aufmachen konnte. Beziehungsweise wieder zu.

Ihre Selbstverständlichkeit im Umgang mit ihm ging ihm genauso auf die Nerven wie ihr ständiges Bitte oder ihr Eifer. Zumindest das Bitte würde er ihr aber schon noch abgewöhnen.

Peters überflog den vorläufigen Bericht.

Kaum war er damit fertig, stellte die Kollegin ihm einen Becher Kaffee hin. »Bitte.«

Er brummte nur und konzentrierte sich wieder auf das Papier, während das junge Ding erneut eifrig die Tasten malträtierte.

***

Eine Stunde später war sie fertig und Peters hatte alle Informationen, die er für ein erstes Resümee brauchte.

Er musste zugeben, alleine dafür hätte er den gesamten Tag gebraucht. Was nicht an einem nachlassenden Verstand, sondern seinem Zwei-Finger-Adler-Such-System gelegen hätte.

»Fassen wir also zusammen«, begann er und lehnte sich mit verschränkten Armen in seinen Stuhl zurück.

Die Hansen griff erwartungsvoll nach ihrem Kaffee und stellte die Ellenbogen auf den Tisch, während sie ihm ihre volle Aufmerksamkeit schenkte und an dem Getränk nippte.

Auch auf Peters' Schreibtisch stand ein frischer Becher Kaffee, den er sich nicht selbst besorgt hatte. An und für sich fand er den Service ja ganz nett, aber sie sollte bloß nicht auf den Gedanken kommen, er würde sich dafür bedanken.

Er räusperte sich. »Also … am Dienstagabend wurde Osman Yobaz vor seinem Haus von drei vermummten Tätern überfallen, zusammengeschlagen und angeschossen. Die Täter hatten ihn mit einer Finte herausgelockt. Fakt ist, es war kein Raubüberfall, sondern ein Racheakt.«

»Oder eine Warnung«, ergänzte die Hansen.

Peters nickte. »Dann dieser anonyme Anruf. Konnten wir da schon irgendwas rausfinden? Von wem? Oder zumindest, wo er herstammt? Telefonnummer?«

Annika Hansen schüttelte den Kopf und blätterte in der Akte. »Habe ich bereits überprüft. Eine Prepaidkarte, aber die Daten des angeblichen Besitzers sind falsch, wie so oft, leider. Der Anruf wurde natürlich wie jeder andere, der über die 110 geht, aufgezeichnet. Der Text selbst war kurz und klang wie auswendig gelernt. Das bedeutet, da hat sich jemand gut überlegt, wie und womit er Yobaz anzeigt.«

»Und vor allem, wann«, ergänzte Peters. »Was mich zu der Frage bringt: Wieso fast zeitgleich mit dem Überfall? Ein Zufall sieht anders aus.«

Nachdenklich wiegte die Jüngere den Kopf. »Könnte sein, ja. Aber mein Gefühl sagt mir auch etwas anderes.«

Peters hob die Augenbrauen. »Sie, als Inbegriff der Ordnung, hören auf Ihre innere Stimme?«

Ihr herzhaftes Lachen hätte ihn fast zum Schmunzeln gebracht. Aber nur fast.

»Ja, natürlich«, erwiderte sie und zwinkerte ihm zu. »Hören ja, drauf verlassen, nein.«

Ein Nicken musste reichen, er wollte das Thema nicht vertiefen.

»Weitere Spekulationen sollten wir uns darüber verkneifen, bis wir zusätzliche Beweise finden. Vielleicht ergibt sich noch was. Aber ich denke ähnlich, das muss ich zugeben.« Und damit hatte er schon viel zugegeben.

»Zumindest hatte der Anrufer recht, was Waffe und Drogen im Wagen des Verdächtigen betrifft, auch wenn noch unklar ist, wieso er davon wusste«, fuhr sie mit ihren Überlegungen fort. »Der Wagen steht übrigens unten. Die Kollegen der SpuSi haben ihn wohl komplett auseinandergenommen, aber nichts weiter gefunden.«

»Ja«, sinnierte Peters lächelnd, »Herr Yobaz wird sich sicher darüber freuen und dieser Freude auch verbalen Ausdruck verleihen.«

Das junge Ding kicherte und warf ihm einen gespielt vorwurfsvollen Blick zu.

»Hm … was ist mit der Zeitung, in die das Heroin eingewickelt war?«, wollte Peters wissen und suchte den entsprechenden Eintrag im Bericht.

»Ah, hier … Gündostu. Sie schreiben, die wird nur in der Türkei vertrieben. Ein kleines, unbedeutendes Blatt. Wie haben Sie das so schnell herausgefunden?«

Er war tatsächlich erstaunt. Für diese Art Recherche benötigte er normalerweise mehrere Tage.

»Übers Internet«, meinte die Hansen amüsiert. »Ich hab nur den Namen in die Suchmaschine gegeben und die spuckte mir alle relevanten Daten aus.«

Sie musterte sein verkniffenes Gesicht. »Sie mögen das Internet nicht sonderlich, oder?«

Peters schüttelte den Kopf. »Neumodisches Zeugs! Außerdem kann man der Maschine nicht ansehen, wann sie lügt.«

Die Hansen lachte. »Da gebe ich Ihnen allerdings recht!«

Peters schaute lieber wieder in den Bericht, statt das grausige Thema Internet weiterzuverfolgen. »Vier Wochen alt die Zeitung …«

»Laut seinem Pass war Yobaz zu dieser Zeit in der Türkei. Er kam am Sonntag darauf zurück«, bestätigte die Hansen.

»Das passt. Wie?«

»Mit dem Flugzeug«, berichtete sie nach einem Blick in die Unterlagen.

»Also kann man davon ausgehen, dass er bei den derzeitigen strengen Kontrollen das Heroin nicht persönlich rausgeschmuggelt hat«, resümierte Peters ironisch. »Da würden sich die Container mit seinen Bio-Produkten deutlich besser eignen.«

Peters zerbrach sich den Kopf, wo sie ansetzen sollten. »Gab es sonst in letzter Zeit irgendetwas in Zusammenhang mit dieser Firma? Bis auf die miesen Bewertungen für ihn als Arbeitgeber mal abgesehen?«

»Nein. Vor ein paar Wochen gab es nur eine Rückrufaktion wegen Glasscherben in einem Sauerkirschenglas, so was kommt immer mal wieder vor. Bleibt uns wohl nur das hier.«

Die Hansen reichte ihm ein Blatt. »Eine Liste der ausgeschiedenen Mitarbeiter. Wenn wir was finden, dann vielleicht da. Sonst wüsste ich auch nichts. Allerdings könnten wir noch dem Überfall auf den Prokuristen genauer nachgehen.«

Ihr Spürsinn gefiel ihm. »Piet Hildebrandt und sein gebrochener Arm. Inwiefern hängen beide Überfälle zusammen, das wäre die Frage.«

»Ich habe mir die Akte dazu bringen lassen.« Sie blätterte in einem anderen Ordner.

»Hier: Laut seiner Aussage und des Attestes des Krankenhauses wurde er am Montag vor drei Wochen gegen 23 Uhr auf dem Parkplatz eines Tanzvereins, wo er jeden Montagabend trainiert, von drei vermummten Männern in eine dunkle Ecke gezerrt und bedroht. Dann brachen sie ihm den Arm.«

Peters runzelte die Stirn. »Was? Der Prokurist ist ein Tänzer? Womit haben sie ihn bedroht? Wurde er ausgeraubt?«

Die Hansen las nach und blickte kurz verwundert auf. »Nein. Er wurde weder ausgeraubt, noch kann er sagen, womit sie ihn bedroht haben. Die sprachen angeblich nur Türkisch mit ihm und das versteht er nicht. Er geht von einer Verwechslung aus.«

»Ah ja!«, meinte Peters ironisch. »Natürlich! Das kann nur eine Verwechslung gewesen sein. Was auch sonst? Schließlich arbeitet der Mann ja nur als Prokurist für einen übellaunigen, türkischen Chef, in dessen Wagen eine Waffe und ein Kilo Heroin gefunden wurden und der ebenfalls kurze Zeit später von drei Vermummten überfallen wird. Also, ich sehe da wirklich keinen Zusammenhang …«

»Oder vielleicht doch?«, überging die Hansen den kleinen Scherz, den Stift, mit dem sie sich Notizen machte, nachdenklich gegen ihre Lippen schlagend.

Peters fand ihre Ignoranz nicht gerade nett. Wenn er doch schon mal scherzte …

»Wir sollten Yobaz fragen, ob die Angreifer ihm wie seine Landsleute erschienen sind und mit ihm gesprochen haben. Und wenn, in welcher Sprache.«

»Und das führt uns weiter, meinen Sie?«, fragte Peters skeptisch.

»Na, zumindest wissen wir dann genauer, ob die beiden Überfälle überhaupt zusammenhängen können. Und vielleicht ergibt sich daraus eine weitere, bessere Spur.«

Peters zuckte die Schulter. »Meinetwegen. Ich werde mir den sauberen Herrn mit der sauberen

Wohnung ohnehin noch mal vorknöpfen. Kommen wir zu den Firmengebäuden.«

»Na, die waren nicht ganz so sauber«, meinte die Hansen leicht amüsiert. »Aber das ist zum Glück nicht unser Problem, darum kümmern sich die Kollegen von der Lebensmittelkontrolle. Und die haben wohl alle Hände voll zu tun.«

Peters schüttelte den Kopf. »Genau das ist es …«

Die Hansen konnte ihm augenscheinlich nicht ganz folgen. »Was meinen Sie?«

»Na, das Haus ist praktisch steril, was unsere Funde angeht, und Lager und Produktionsstätte das genaue Gegenteil. Das passt nicht. Was ist mit den sichergestellten Unterlagen aus dem Büro?«

Die Hansen seufzte. »Leider noch kein vorläufiges Ergebnis. Das wird noch einige Tage dauern, um alles zu sichten. Aber die Kollegen melden sich, wenn sie was finden, was uns bei unserem Fall weiterhilft.«

»Hm …« Peters hasste es, in einem Fall nicht weiterzukommen. Noch dazu unter den Augen einer strebsamen Kollegin.

»Zurück zu dieser Mitarbeiterliste. Mehr haben wir wohl derzeit nicht.« Er warf einen längeren Blick darauf, sie war unterteilt in Büropersonal und Lagerarbeiter. »Sie hatten recht. Im Büro nicht ein Schwarzko-«

Ein lautes Räuspern unterbrach ihn, was Peters die Farbe einer reifen Tomate ins Gesicht trieb. Allerdings vor Ärger, nicht vor Scham.

»Nicht ein *Schwarzkopf* arbeitet im Büro«, zischte er mit besonderer Betonung auf das anstößige Wort. »Dafür kein *Nicht-Migrations-Mitarbeiter* im Lager oder der Produktionsstätte! Herr Yobaz scheint mir recht fremdenfeindlich zu sein.«

Die Hansen sah ihn böse an, dann brach sie zu seiner Überraschung in schallendes Gelächter aus.

Doch es sollte noch schlimmer kommen.

»Kollege Peters, ich mag Ihren schwarzen Humor!«

»Humor?! Ich?«, bellte er fassungslos zurück. »Man hat mir ja schon viel unterstellt, aber sowas sicher nicht!«

»Man hat Sie verkannt, ganz klar«, meinte das freche, unverschämte Ding mitfühlend, das scheinbar so gar keinen Respekt vor Alter oder Rang hatte. »Aber wir sollten das verschieben und erst mal die Liste durchgehen.«

»Hm«, brummte Peters.

Er wusste, warum er keine Kollegen wollte. Nichts als Ärger hatte man mit denen. Und lustig machten sie sich über einen.

Diese Göre war nicht besser als alle anderen.

***

Die nächsten Stunden verbrachten sie damit, die einzelnen Namen auf der Mitarbeiterliste mit den Einträgen im Polizei-Register zu vergleichen.

Und obwohl hin und wieder ein Name in der

Vergangenheit bereits aufgefallen war, meist in Verbindung mit illegaler Beschäftigung, ergab sich keine sichtbare Verbindung zwischen dem Überfall auf den Prokuristen Piet Hildebrandt und dem Chef der Firma, Osman Yobaz.

»Ziemlich viel Fluktuation für so einen kleinen Betrieb«, meinte die Hansen während einer Pause, nachdem sie Kaffee geholt hatte. »Und die Kündigungsgründe … komisch. Einige wenige haben einen Aufhebungsvertrag unterschrieben, und der Rest wurde betriebsbedingt oder in der Probezeit gekündigt.«

»Das ist nicht unser Ressort«, bestimmte Peters. Seine Laune hatte sich in den letzten Stunden nicht gerade gebessert und den Kaffee rührte er nicht an. »Wenn uns das in unserem Fall nicht weiterhilft, geben Sie die Information an das Arbeitsamt weiter. Die sind für Betriebsprüfungen zuständig. Wir haben genug um die Ohren!«

»Aber das hier ist interessant.« Unbeeindruckt von seinem schlechten Benehmen stand sie auf und kam mit der Liste auf seine Seite des Schreibtisches. »Hier bitte, sehen Sie selbst.«

»Ja – und?«, fuhr er sie harsch an.

»Kommt Ihnen der Name nicht bekannt vor?«

Doch, das tat er. Peters kannte seine Pappenheimer und dies hier war, wenn die Ähnlichkeit kein Zufall war, immerhin eine Spur. Seine Laune besserte sich rapide.

»Nidal … wenn er zu *der* Familie gehört und

Hildebrandt ihm, wie hier steht, scheinbar grundlos einen Aufhebungsvertrag unterschreiben ließ, gibt es zumindest schon mal eine erste Spur. Und vermutlich auch auf den Überfall auf Yobaz und die Drogen in seinem Wagen. Wobei dann noch zu prüfen wäre, wie weit er selbst in die Drogengeschäfte verstrickt ist.«

Während Peters noch überlegte, saß die Hansen bereits wieder am Computer und überprüfte, ob Verwandtschaft zu der Großfamilie bestand, die in Bremen seit Jahren für ihre illegalen Geschäfte mit Drogen, Waffen und Schutzgelderpressung berüchtigt waren.

Neuerdings mischten vereinzelte Mitglieder der Großfamilie auch das Rockermilieu auf und verdrängten lokale Platzhirsche mit aggressivem Auftreten.

»Bingo!«, meinte die Hansen. »Ein Neffe zweiten Grades eines hochrangigen Wortführers der Nidals.«

Peters rieb sich zufrieden die Hände. »Na, also! Endlich eine Spur.«

Vielleicht würde es ihm doch noch vor seinem Ruhestand gelingen, dieser hochkriminellen Sippe wenigstens einmal etwas nachzuweisen. Und mit Yobaz als Besitzer eines ganzen Kilos Heroin, hing ihm auch noch ein ziemlich dicker Fisch an der Leine.

***

Peters machte an diesem Montag früh Feierabend

und genoss den milden Winterabend mit seinem Bier auf seiner überdachten Terrasse neben einem Heizstrahler.

Zwei Stunden später ging er, verwundert über sich selbst, ins Haus. Er war nicht einmal aufgesprungen wie sonst, um etwas im Garten zu tun.

Zufrieden ging er ins Bett und schlief so gut, wie schon langen nicht mehr.

Unerwünschtes Wiedersehen

Am Dienstagmorgen fuhren Polizeihauptkommissar Holger Peters und Polizeikommissarin Annika Hansen gemeinsam ins Krankenhaus, natürlich nach einem frischen Kaffee, den die Hansen geholt hatte, kaum dass Peters im Büro erschienen war.

Zwar hatte er sich nicht wirklich bedankt – ein Nicken konnte man kaum als Danke betrachten, eher als Zustimmung -, aber nachdem er sich am vergangenen Wochenende eingestanden hatte, mit ihr als aufgezwungene Kollegin nicht den schlechtesten Fang gemacht zu haben, konnte ein wenig Freundlichkeit hin und wieder nicht schaden.

Er würde jedoch nie soweit gehen, zu behaupten, ihre Gesellschaft täte ihm gut. Jedoch brachte sie mit ihrer fröhlichen Art etwas Abwechslung in seinen, wie er zugeben musste, recht tristen Alltag.

Das Gespräch mit dem behandelnden Arzt vorweg brachte Peters leider nicht das gewünschte Ergebnis.

Am Wochenende war es zu Komplikationen gekommen und Yobaz hatte sich einer Notoperation unterziehen müssen. Er war noch nicht transportfähig und konnte somit nicht in die Krankenabteilung der JVA verlegt werden.

So blieb Peters nichts übrig, als ihn hier vor Ort weiterhin unter Bewachung zu stellen.

Osman Yobaz war nicht alleine, als Peters, ohne anzuklopfen, in Begleitung von Annika Hansen das Zimmer betrat.

Ein älterer Herr im grauen Anzug, der so sehr nach Anwalt roch, dass das Wort Klischee einer Untertreibung gleichkam, blickte von seinen Notizen auf und Peters strafend über den Rand seiner Brille hinweg an.

Peters verkniff sich ein Grinsen. Er liebte Anwälte fast so sehr wie Kollegen, seiner Scheidung sei Dank.

»Guten Morgen, Herr Yobaz«, grüßte Peters mit scheinbar allerbester Laune. Er stellte sich dem Anwalt vor. »Polizeihauptkommissar Holger Peters und Polizeikommissarin Annika Hansen. Und Sie sind?«

Der Mann gab Yobaz, der gerade im Begriff war aufzubrausen, einen beruhigenden Wink mit der Hand. »Dr. Meier-Langbein. Ich bin der Anwalt des Beschuldigten. Ich habe bereits eine Aufhebung des Haftbefehls und eine Beschwerde gegen Sie eingereicht.«

»Interessant. Ich freu mich schon«, meinte Peters mit einem bissigen Lächeln. »Wie erklärt sich Herr Yobaz dann das Kilo Heroin und die illegale Waffe in seinem Wagen?«

»Ich habe keine Waffen und Drogen!«, brüllte Yobaz los. »Das muss da jemand versteckt haben!«

»Natürlich«, stimmte Peters ironisch zu. »Und wen haben Sie da in Verdacht? Kennen Sie auch den Grund?«

»Woher soll ich das wissen?«, bellte Yobaz weiter, die beschwichtigenden Worte seines Anwaltes überhörend. »Das ist doch euer Job!«

Peters seufzte. »Anscheinend ist alles mein Job. Den Überfall auf Sie vor Ihrem Haus aufzuklären, die Missstände in Ihrem Betrieb zu untersuchen, der Drogen- und Waffenfund in Ihrem Wagen, das Heroin, eingewickelt in eine türkische Zeitung, die zum Zeitpunkt Ihres Aufenthaltes in der Türkei erschienen ist ... Spricht nicht wirklich viel für Ihre Unschuld. Meinen Sie nicht auch, Herr Anwalt?«

Yobaz tobte, doch diesmal kam ihm sein Rechtsberater mit einer Erwiderung zuvor.

»Ich habe bereits ein Gutachten in Auftrag gegeben, um die Blackbox des Fahrzeuges von Herrn Yobaz auslesen zu lassen.«

Peters runzelte die Stirn. »Und was soll das bringen?«

Der Anwalt lächelte von oben herab. »Es kann beweisen, dass der Wagen von einer fremden Person geöffnet wurde und somit die Möglichkeit bestand, dass Heroin und die Waffe im Wagen beabsichtigt versteckt wurden.«

»Und wer sollte das getan haben?«, hakte Peters nach. »Und wann?«

»Na, vermutlich während des Heimataufenthaltes meines Mandanten und es war höchstwahrscheinlich dieselbe Person, die den anonymen Hinweis geliefert hat, wer sonst?«, stieß der Anwalt sichtlich verärgert über Peters mangelndes

Kombinationstalent hervor.

»Da könnte was dran sein«, flüsterte die Hansen leise neben ihm. »Zumindest würde es ihn entlasten.«

»Selbst wenn«, gab Peters zu, »der Wagen befindet sich in Ihrem Besitz, ebenso wie die Schlüssel, und es obliegt damit Ihrer Verantwortung, wer Zugang zum Fahrzeug hat. Wie zum Beispiel Ihre Lebensgefährtin, Frau van Hijk, die mir den Schlüssel am Tatabend aushändigte. Wer hatte ihn noch in den letzten vier Wochen?«

»Ihr!«, brüllte Yobaz, bevor sein Anwalt ihn zum Schweigen bringen konnte. »Bestimmt habt ihr mir das untergeschoben!«

»Sicher doch«, meinte Peter belustigt.

Diesmal reagierte der Anwalt schneller. »Der Schlüssel liegt, sofern Herr Yobaz ihn nicht bei sich trägt, sicher verwahrt in seinem Safe in seinem Büro.«

»Und wer hat Zugang zu diesem Safe?«, fragte Peters.

»Niemand!«, bellte Yobaz und schoss, so gut es ihm möglich war, im Bett hoch.

Peters zog die Augenbraue zusammen. »Nicht mal Ihre Lebensgefährtin oder Ihr Prokurist?«

»Nein, verdammt!«, antwortete Yobaz schmerzverzerrt und sackte zurück ins Kissen.

»Hm«, überlegte Peters, »und warum hatte Frau van Hijk dann am Abend des Überfalls den Schlüssel in ihrer Tasche?«

Diesmal blickte auch der Anwalt Yobaz fragend an. Die Missbilligung war ihm deutlich anzusehen.

Yobaz fiel die Antwort sichtlich schwer. »Weil sie ihn mir weggenommen hat, als wir aus dem Lokal kamen. Ich hatte was getrunken und sie wollte mich nicht fahren lassen.«

»Kommt das öfter vor?«, hakte Peters nach.

»Nein«, erwiderte Yobaz zähneknirschend. Ob aus Ärger oder vor Schmerz, war nicht auszumachen.

»Gut, dann sind wir erst mal fertig für heute«, beendete Peters das Verhör.

»Eine gute Entscheidung«, meinte der Anwalt süffisant. »Warten wir zunächst das Gutachten ab und hören Sie auf, meinen Mandanten weiterhin zu drangsalieren.«

Die Hansen schob Peters zur Tür hinaus, bevor dieser eine harsche Antwort geben konnte.

***

»Und nun?«, fragte Annika Hansen neugierig, nachdem sie das Krankenhaus verlassen hatten.

Peters war schweigend vorangestürmt und hatte sich in den Fahrersitz seines Dienstwagens geschwungen. Kaum dass Annika Hansen die Beifahrertür hinter sich geschlossen hatte, startete er schon den Motor.

»Statten wir diesem Prokuristen einen Besuch ab.«

Mit deutlich überhöhter Schrittgeschwindigkeit

verließ er das Parkgelände und schlug den Weg zum Firmenkomplex ein.

***

Sie trafen den Prokuristen Piet Hildebrandt in seinem Büro an. Er sah nicht sonderlich erfreut über den unverhofften Besuch aus und die Arbeit fiel ihm mit dem verletzten Arm sichtlich schwer.

»Was wollen Sie nun schon wieder?«, fragte er unhöflich statt einer Begrüßung, konnte ihnen dabei aber kaum in die Augen schauen.

»Ihnen auch einen schönen Tag«, meinte Peters und verzog das Gesicht zu einem freudlosen Grinsen. »Wissen Sie, Herr Hildebrandt, es ist zwar nicht ganz mein Ressort, aber ich bin neugierig …«

Misstrauisch blickte der Angesprochene hinter seinem Schreibtisch auf. »Worauf?«

Peters nahm ungefragt Platz auf dem Besucherstuhl davor und wies seine Kollegin mit einer Geste an, sich auf den zweiten zu setzen.

»Auf Ihre Geschichte zu dem Überfall auf Sie neulich. Sie erinnern sich?«

Hildebrandt schnaubte und hielt den verletzten Arm hoch. »Werde ja ständig daran erinnert, oder? Also, was genau wollen Sie?«

Peters lehnte sich gemütlich zurück und verschränkte die Hände im Schoß. »Erzählen Sie mir doch bitte den genauen Ablauf. Und lassen Sie nichts aus.«

Der Blick des Prokuristen huschte unruhig zwischen den beiden Polizisten herum. Ihm war sichtlich unwohl.

»Das habe ich doch schon schon alles schon mal erzählt!«

Peters nickte. »Natürlich. Aber wenn Sie wollen, dass wir den Überfall aufklären, dann sollten Sie uns alles noch einmal erzählen.« Er lehnte sich vor und fixierte den Prokuristen. »Oder wollen Sie gar keine Aufklärung?«

Hildebrandt rollte einen halben Schritt mit dem Stuhl zurück, wischte sich fahrig über die Stirn. »Warum sollte ich das nicht wollen?«

»Eben«, meinte Peters und fiel in seine entspannte Haltung zurück. »Das müsste ich mich dann auch fragen. Also?«

Der Prokurist räusperte sich, schob sich an den Schreibtisch vor und legte den verletzten Arm auf die Platte. »Na schön ... ich kam, wie jeden Montag, aus dem Verein –«

»Was für ein Verein?«, fragte Peters freundlich nach.

»Das wissen Sie doch! Der Tanzverein *Schwing das Bein.*«

Neben sich hörte Peters die Hansen leise kichern. Sie versteckte es hinter ihrem Notizblock, auf dem sie mitschrieb. Er selbst verkniff es sich. Schließlich war er jahrzehntelanger Profi.

»Und weiter?«

»Ich hab sie nicht kommen sehen. Drei Kerle

waren es. Vermummt. Sie packten mich, stießen mich in der Gasse zwischen den Autos an die Tür und brachen mir den Arm.«

»Und das war alles?«, fragte Peters nach.

»Ja!«

»Und wie war das mit den Drohungen?« Peters blieb noch freundlich.

Hildebrandt sprang von seinem Stuhl auf und lief hinter seinem Schreibtisch auf und ab. Er wurde immer nervöser. Ob aus Scham oder Schuldgefühlen, weil er log oder Teile der Wahrheit ausließ, war noch nicht auszumachen.

»Die? … Ach ja, also die sagten irgendwas. Ich konnte es nicht verstehen, war wohl Türkisch oder so. Aber es klang bedrohlich, ja.«

Peters nickte stumm.

Der Prokurist hielt kurz in seinem Marsch inne.

»Sie glauben mir doch?«, gab er teilweise stotternd von sich.

»Nicht so ganz, Herr Hildebrandt, nicht so ganz…«, gab Peters zu.

»Ich habe keine Ahnung, was die von mir wollten, ehrlich. Die müssen mich verwechselt haben!«

Peters ließ ihn nicht aus den Augen.

Hildebrandt hielt dem Blick nicht lange stand.

»Sagt Ihnen der Name Nidal etwas?«

Röte stieg dem Prokuristen ins Gesicht und er schwitzte sichtlich. »Nein. Sollte er das?«

»Nun«, Peters wiegte den Kopf, »ein Ramazan Nidal war einige Zeit hier in der Firma beschäftigt.

Von daher sollten Sie ihn schon kennen. Den Namen, meine ich.«

»Ich bin nicht für die Personalverwaltung zuständig. Außerdem klingen diese türkischen Namen für mich alle fremd. Ich kann mir die nie merken.« Deutlich war ihm der Versuch, sich herauszureden, anzumerken.

»Ich frage mich, ob Sie wissen, dass er zur Großfamilie der Nidals gehört, einer hochkriminellen Bande. Eine Ahnung, wovon ich rede?«

Hildebrandt zögerte eine Spur zu lange mit seiner Antwort. »Nidal ... Nidal ... jetzt, wo Sie es andeuten ... ja, ich hab neulich was in der Zeitung gelesen über diese Familie. Aber das ist doch ein türkischer Allerweltsname, wie Müller oder Schulz bei uns, oder nicht?«

»Und wie wollen Sie das beurteilen, Herr Hildebrandt«, fragte die Hansen nach, »wenn Sie kein Wort Türkisch verstehen und sich alle Namen für Sie gleich anhören?«

Peters feixte innerlich und war auf die Antwort gespannt.

Der Prokurist hatte keine und überging die Frage mit einer Gegenfrage. »Und was hat das jetzt alles mit dem Überfall auf mich zu tun?«

Peters stand auf und steckte die Hände in die tiefen Jackentaschen. »Ramazan Nidal war hier vom 01.02. bis zum 17.11. vergangenen Jahres beschäftigt. Dann wurde ein Aufhebungsvertrag mit ihm geschlossen, den Sie gegengezeichnet haben. Ein paar Wochen später wurden Sie überfallen. Warum wurde das Arbeitsverhältnis mit ihm aufgehoben?«

Hildebrandt sank in seinen Stuhl zurück und setzte ein überhebliches Lächeln auf. »Das weiß ich nicht. Dazu müsste ich die Unterlagen einsehen … aber das geht ja nicht, weil die alle bei Ihnen sind. Schauen Sie doch bitte selbst nach. Geht das?«

»Das werden wir natürlich, Herr Hildebrandt«, versicherte Peters, »allerdings frage ich mich, ob es da nicht eine gewisse Verbindung zwischen Ihnen, der Familie Nidal und Herrn Yobaz' Drogen-geschäften gibt.«

»Was?« Sichtlich aus der Fassung gebracht, sprang der Prokurist wieder hoch, kam um den Schreibtisch und lief im Zimmer herum. »Sie … Sie glauben doch nicht ernsthaft, ich – also, ich hätte was mit illegalen Geschäften zu tun?«

Peters gab sich nachdenklich. »Nun, die Familie Nidal schon, wie ich glaube, und wenn jemand aus dieser Sippe in dieser Firma arbeitet, während beim Chef, der ebenfalls Türke ist, Waffen und Drogen gefunden werden, ja … doch, dann denke ich da schon an eine mögliche Verbindung.«

Dann machte er ein paar eilige Schritte auf den Prokuristen zu. »Wissen Sie, ich glaube, dieser Mann arbeitete hier zum Schein, um ganz andere Dinge einzuführen oder zu verkaufen als Fruchtsäfte und Studentenfutter. Aber irgendwie war die Familie mit Ihrer Arbeit nicht zufrieden und deshalb der Überfall. Eine Warnung. Worum genau ging es, Herr

Hildebrandt?«

Hildebrandt stand mit dem Rücken an der Wand. Schweiß sammelte sich auf seiner Stirn. Schützend hielt er den gesunden Arm vor den eingegipsten.

»Sie sind ja verrückt!«, regte sich der Prokurist auf. »Alles Lüge! Ich habe nichts mit den Drogen zu tun! Nidal hat hier gearbeitet, ja, aber er wurde aufgrund seiner mangelnden Arbeitsleistung gekündigt. Der Chef war einfach nicht zufrieden mit ihm!«

»Ach, ist es Ihnen doch wieder eingefallen? Wie schön. Nun gut, wir überprüfen das selbstverständlich, auch wenn es für mich wenig glaubhaft klingt. Oder für Sie, Kollegin Hansen?«, wandte er sich an sie.

Sie schüttelte den Kopf. »Nicht wirklich. In einem solchen Fall würde man keinen Aufhebungsvertrag schließen, sondern einfach von dem Kündigungsrecht während der Probezeit Gebrauch machen. Aber ich denke, die wahren Beweggründe werden wir leicht herausfinden. Wir sollten Herrn Nidal befragen.«

Peters nickte und wandte sich zum Gehen. »Ganz Ihrer Meinung. Ich bin gespannt, welches Märchen wir von ihm zu hören bekommen.«

An der Tür drehte er sich noch einmal zu dem Prokuristen um, der wieder auf seinen Stuhl gesunken war und ziemlich blass um die Nase herum aussah.

»Und dann werden wir uns vermutlich schneller

wiedersehen, als Ihnen lieb ist, Herr Hildebrandt. Einen schönen Tag noch!«

Ohne auf den Gegengruß zu warten, verließen Peters und Hansen das Büro. Sie hörten noch, wie der Prokurist zum Telefon griff.

Das Clanmitglied

Zu viele Ermittlungen gegen die berüchtigte Bremer Großfamilie waren schon im Sande verlaufen oder aufgrund vorgeschobener Formfehler eingestellt worden.

Peters ging kein Risiko mehr ein und so lud er Ramazan Nidal vor, statt ihm einen Besuch in seiner Wohnung abzustatten.

In den darauffolgenden Tagen verfolgte Hauptkommissar Peters mit seiner Kollegin alle aufgefundenen Spuren, die sich anhand der sichergestellten Firmenunterlagen des Bio-Händlers ergeben hatten, keine brachte jedoch einen Erfolg.

Zumindest nicht in Hinsicht auf Peters Zuständigkeit, also auf den Waffen- oder Drogenfund. Arbeitsamt, Zoll und Lebensmittelkontrolle hatten hingegen alle Hände voll zu tun, was bereits für Spott unter den Kollegen sorgte.

Klingebiels Kommentar, als Peters ihn am gestrigen Abend auf dem Weg aus dem Gebäude unversehens über den Weg gelaufen war, lautete: »Kollege Peters! Na, nichts mit großen Fischen, was? So leck, wie Ihr Kahn die letzten Jahre geschlagen ist, hüpfen selbst die kleinen freiwillig ohne Köder auf die besseren Kutter!«

Zum Glück für ihn – Klingebiel -, war Annika Hansen ebenfalls auf dem Heimweg gewesen. In ihrem Beisein wollte er sich nicht die Blöße geben,

Klingebiel eine reinzuhauen, und hatte sich auf eine harsche Antwort beschränkt. Nah dran war er allerdings gewesen, das musste er leider zugeben.

Zu allem Unglück hatte sich auch noch Yobaz' Anwalt, Herr Dr. Meier-Langbein, gemeldet und verkündet, dass sein Mandant nur noch in seiner Gegenwart verhört werden durfte.

Peters lief jedoch die Zeit davon. Ihm blieben noch knapp sechs Wochen bis zum Ruhestand und er wollte – nein, er musste -, mit einem Knall in denselben gehen. Es kam nicht in Frage, dass die Kollegen ihn als den Verlierer in Erinnerung behielten, den sie derzeit in ihm sahen.

Zum Glück war ihm Kollegin Hansen eine große Hilfe. Ihre Fähigkeit zum Beispiel, über das Internet und andere Quellen schnell an Informationen zu gelangen.

Oder über den Anruf bei einem *Freund* zu erreichen, dass das Gutachten für Yobaz' Wagen noch vor Weihnachten vorgezogen wurde, denn die Blackbox konnte nur vom Hersteller ausgelesen werden, und dieser *Freund* kannte da jemanden vor Ort.

Natürlich hätte Peters das auf seine Weise auch bewerkstelligen können – mit gleichem Ergebnis. So kurz vor Ostern vermutlich.

Aber die Hansen sparte ihm Zeit. Und die war inzwischen der wichtigste Faktor geworden.

An den Kaffee, den sie ihm ungefragt immer noch hinstellte, hatte er sich längst gewöhnt. Das ständige

Bitte dabei konnte er sogar schon fast überhören.

***

Pünktlich tauchte das Mitglied der Familie Nidal eine Woche vor Weihnachten im Präsidium auf. Peters ließ ihn ins Verhörzimmer bringen und eine Weile warten.

Früher hatte das die Verdächtigen mürbe gemacht, so untätig herumsitzen zu müssen. Alleine mit sich, einem Tisch und zwei Stühlen. Heute lümmelten sie auf dem einen Stuhl und spielten wie Nidal mit ihrem Handy.

Peters seufzte abgrundtief, während er mit der Kollegin vor der getönten Scheibe zum Verhörzimmer stand. Was war nur aus der guten, alten Zeit geworden?

»Sorgen?«, fragte die Hansen prompt.

»Die Dinger sollten verboten werden«, brummte Peters. »Oder zumindest an der Eingangstür eingesammelt.«

Annika Hansen grinste. »Smartphones? Ich finde die ganz praktisch. Spart einem das Mitschleppen des Laptops oder die ewigen telefonischen Nachfragen bei den Kollegen im Innendienst.«

»Schön für die«, konterte Peters ironisch. »Dafür haben die dann auch mehr freie Zeit und können ebenfalls im Dienst mit ihren smarten Handys spielen.«

Die Kollegin lachte leise. Dann musterte sie ihn

neugierig.

»Wie war das damals, als Sie in den Polizeidienst kamen? Gab es da nicht auch jede Menge Neuerungen, die Sie gerne genutzt haben, Ihre älteren Kollegen aber verteufelten?«

Natürlich. Aber wieso musste das Gör immer recht haben?

Peters brummte unverständlich vor sich hin. Auf keinen Fall wollte er das zugeben.

Die Hansen verstand dennoch und nickte zu dem Verdächtigen herüber. »Wie lange wollen Sie ihn noch warten lassen?«

»Gar nicht mehr«, beschloss Peters und öffnete die Tür zum Verhörzimmer.

Ohne Gruß trat er ein und setzte sich Nidal gegenüber.

Annika Hansen folgte ihm, übernahm die Belehrung und blieb dann seitlich vom Tisch stehen.

Sie bestand darauf, diesen neumodischen Kram auszuprobieren: Statt was Greifbares vor sich liegen zu haben, das man dem Verdächtigen sofort unter die Nase reiben konnte, wie es beim guten, alten Mitschreiben der Fall war, schnitt sie die Vernehmung auf Band mit, angeblich Anweisung des LKA, das allmählich als gängige Praxis einzuführen. Was es Peters nicht unbedingt leichter machte.

Da jede Spur wichtig war, um etwas gegen diese Großfamilie zu unternehmen, musste er sich nun auch noch zwangsläufig benehmen, weil ja auch seine verbalen Äußerungen aufgezeichnet wurden, sonst konnte man die Vernehmung als Beweismittel anfechten. Aber sich zu benehmen, fiel Peters verdammt schwer.

»Herr Nidal, schön, dass Sie kommen konnten«, begann er die Vernehmung deshalb deutlich freundlicher als jede andere, die er jemals geführt hatte. Den erstaunten Blick seiner Kollegin übersah er geflissentlich.

Sein Gegenüber, ein anständig wirkender Mann Mitte zwanzig, grinste. Es wirkte leicht gequält. »Wenn Sie mich schon so nett bitten.«

Peters wusste aus den Akten des Mannes, dass er bereits einige Male bei Aktivitäten der Familie in Verdacht geraten war, man ihm aber nie etwas hatte nachweisen können. Der Junge sah sauber aus.

Bisher. Natürlich würde Peters das ändern, wenn er auch nur den klitzekleinsten Grund fand.

»Sagt Ihnen der Name *Bio-Sun* etwas?«

Der Blick seines Gegenübers wurde finster. Er packte sein Spielzeug in die Jackentasche und stützte sich mit den Armen auf der Tischplatte ab.

Tief sah er Peters in die Augen. »Eine Firma, in der ich mal gearbeitet habe. Das ist aber schon länger her. Was wollen Sie von mir?«

»Sie sind nicht sonderlich gut auf den Inhaber Osman Yobaz zu sprechen?«, vermutete Peters.

»Warum sollte ich?« Nidal lehnte sich zurück und verschränkte die Arme vor der Brust. »Ich war ein paar Monate bei ihm beschäftigt, dann *bat* er mich zu gehen.«

100

»Und warum?«, hakte Peters nach.

Nidal zuckte die Schultern, der Blick blieb provozierend. »Keine Ahnung. Fragen Sie ihn. Ich hab meine Arbeit gemacht, dann hab ich mir ne fiese Grippe eingefangen und war ein paar Tage krank. Und als ich wieder gesund war, kam dann so ein Typ an und legte mir einen Aufhebungsvertrag vor die Nase. Er sagte, dass der Betrieb sich von mir trennen will, und wenn ich den nicht unterschreibe, kriege ich kein Geld vom Arbeitsamt.«

»Das haben Sie ihm einfach so geglaubt?«, fragte die Hansen.

Nidal schnaubte. »Ja. Nachdem ich vom Arbeitsamt drei Monate gesperrt wurde, wusste ich, dass die mich verarscht haben.«

»Klingt, als wären Sie ziemlich sauer deswegen«, reizte Peters den Mann zusätzlich.

»Was würden Sie denn machen? Der hat mich um drei Monate Geld gebracht! Ich hab Frau und Kinder, das war nicht leicht.«

»Und dafür haben Sie sich natürlich gerächt«, unterstellte Peters, »oder jemand aus Ihrer Familie hat das für Sie unternommen.«

Nidal schüttelte, sichtlich verärgert, den Kopf. Seine Ruhe war dahin. Er knallte mit der Hand auf die Tischplatte.

»Hört mal zu! Ich hab noch nie illegale Sachen gemacht, was auch immer ihr denkt. Ich arbeite legal. Ich arbeite, seit ich aus der Schule bin. Ich mach keine krummen Sachen!«

Er atmete tief durch und grinste bitter. »Natürlich war ich sauer. Und ich hätte ihm auch gerne eine gescheuert, aber das bringt doch nichts. Deshalb hätte das Arbeitsamt die Sperrzeit auch nicht aufgehoben. War meine eigene Schuld, das zu unterschreiben.«

»Und deshalb haben Sie Yobaz die Drogen in den Wagen gelegt«, behauptete Peters und beobachtete die Reaktion des Verdächtigen genau.

Dieser zog die Augenbrauen kurz zusammen und wirkte sichtlich überrascht. »Was für Drogen? Dreht ihr jetzt völlig durch und hört ihr mir überhaupt zu? Ich sagte doch, ich hab nichts mit illegalen Sachen am Hut. Ich nehme sie nicht, handel nicht damit und lege sie auch niemandem in den Wagen. Ich hab das Zeug noch nie angefasst.« Er winkte ab. »Ob ihr's glaubt oder nicht.«

»Schwer zu glauben, in der Tat«, stimmte Peters zu, »zumal Ihr Großonkel ein ziemlich großes Tier in der Familie ist.«

»Großes Tier! Wenn Ihr euch so sicher seid, warum erwischt ihr ihn dann nicht?«, schoss Nidal zurück. »Wollen wir jetzt über meinen Onkel sprechen oder wollt ihr mir noch was vorwerfen, was ihr nicht beweisen könnt und womit ich auch überhaupt nichts zu tun habe?«

»Eine Frage noch«, stellte die Hansen. »Sagt Ihnen der Name Piet Hildebrandt etwas?«

Nidal zuckte die Schultern. »Keine Ahnung. Wer soll das sein?«

»Das ist der Mann, der Ihnen den Aufhebungs-vertrag zum Unterschreiben vorgelegt hat«, erklärte sie bereitwillig.

»Ach, der Prokurist?«, erinnerte sich Nidal jetzt doch. »Klar, an den erinnere ich mich. Dieser hinterhältige Hund.«

»Wo waren Sie am Montag vor drei Wochen zwischen 22 und 24 Uhr?«, hakte Peters sofort nach.

»… lassen Sie mich überlegen …«

Nidal nutzte die Zeit reichlich aus. Für eine glaubhafte Antwort verstrich zu viel, Peters Meinung nach.

»Zuhause. Oder in der Shisha Bar um die Ecke. Oder vielleicht bei meinen Eltern, so wie meistens.«

»Sie waren nicht zufällig mit zwei Kumpanen in der Nähe des Tanzvereins und haben dem Prokuristen Piet Hildebrandt aufgelauert, bedroht und ihm den Arm gebrochen?«, fragte Peters lauernd.

Nidal lachte. »Nein, tut mir leid. Da haben Sie den Falschen in Verdacht. Ich mag Hunde. Ich trete nicht nach ihnen oder breche ihnen die Knochen.«

Peters blieb ruhig und nickte nur. »Na schön, wir werden Ihr Alibi überprüfen«, meinte er nach einer Weile. »Sie können gehen.«

Nidal sprang auf und ging zur Tür. Plötzlich schien er es eilig zu haben und auch die aufsässige Ruhe hatte ihn verlassen. »Wurde auch Zeit!«

Den Türgriff schon in der Hand, schimpfte er noch: »Und das nächste Mal sucht ihr euch einen anderen! Ich hab damit nichts zu tun!«

Die Tür hinter sich zuknallend, eilte er über den Gang.

»Glauben Sie ihm?«, fragte Annika Hansen.

Holger Peters schüttelte den Kopf. »Nein. Ich denke, er ist sehr wohl für den Überfall auf Hildebrandt verantwortlich. Als Rache für die Kündigung. Vermutlich hat er ihm gedroht, deshalb redet Hildebrandt nicht und wir können dem Kerl nichts nachweisen. Aber das fällt nicht mehr in unseren Zuständigkeitsbereich. Sollen sich die Kollegen damit herumärgern. Was allerdings die Drogen bei Yobaz betrifft …«

Er war sauer. Selbst wenn Nidal Yobaz diese untergeschoben hatte, würde das Yobaz selbst entlasten.

Peters schwankte zwischen dem Wunsch, dem unsympathischem Türken oder der Großfamilie auf die Füße zu treten.

Am liebsten wäre es ihm gewesen, Yobaz eine Verbindung ins Drogenmilieu zu den Nidals nachweisen zu können und die gleichzeitig damit dingfest zu machen.

Aber danach sah es im Moment nicht aus. Ramazan Nidal schien in dieser Hinsicht glaubwürdig zu sein. Und er war tatsächlich noch nie zum Thema Drogen auffällig geworden.

Ein weißes Schaf unter so vielen schwarzen? Für Peters dennoch undenkbar.

Nochmal von vorn

Dies sollte nicht die einzige schlechte Nachricht für Hauptkommissar Peters an diesem Tag bleiben. Zurück im Büro lag eine Kopie des Gutachtens der Black Box, das Yobaz' Rechtsanwalt in Auftrag gegeben hatte, auf seinem Schreibtisch.

»Verdammt!«, fluchte Peters nach einem kurzen Blick darauf, schnappte sich die Gießkanne und wässerte seine Pflanzen.

Die Hansen griff über die Tische neugierig zu dem Papier und studierte es.

»Hm, also wurde das Fahrzeug tatsächlich während Yobaz' Türkeiaufenthalt geöffnet …«

»Was noch nicht bedeutet, dass er nichts mit den Drogen und der Waffe zu tun hat«, grummelte Peters und knallte die leere Gießkanne auf die Fensterbank.

»Aber es beweist zumindest, dass ein anderer die Möglichkeit gehabt haben könnte«, ergänzte die Kollegin.

»Und damit ist der Indizienbeweis gegen Yobaz zum Teufel!«, beendete Peters fluchend den Schluss, den sie, einer Meinung, wie das zustimmende Nicken der Hansen bewies, daraus zogen.

»Ebenso wie der Haftbefehl«, befürchtete die Hansen.

Sie hatte kaum ausgesprochen, da klingelte Peters Telefon.

»Ja?«, meldete er sich bellend.

Es war der Staatsanwalt.

Peters ließ sich auf seinen Stuhl fallen und wischte sich übers Gesicht, während er sich anhören musste, was ihm gar nicht gefiel. Schließlich knallte er grußlos den Hörer auf die Gabel.

»Und?«, fragte die Hansen. »Lassen Sie mich raten – das war der Herr Staatsanwalt. Yobaz' Anwalt hat eine Aufhebung des Haftbefehls erwirkt.«

Peters nickte grimmig. »Freilassung auf Kaution! Und raten Sie, wer ihm die die gute Nachricht überbringen darf!«

Verdammt! Sie waren genauso weit wie am Anfang. Keinen verdammten Schritt weiter!

***

Peters Laune war nicht zum Aushalten, das wusste er. Selbst die Hansen hielt einen Sicherheitsabstand für nötig, als er über den Krankenhausflur zu Yobaz' Zimmer preschte.

Die Fahrt hierher war seitens seiner Kollegin recht schweigsam verlaufen. Sie hatte ihn mehr oder weniger leise vor sich hin fluchen lassen und war ihm, zu ihrem Glück, nicht in die Quere gekommen, und hatte auch auf Belehrungen im Falle diskriminierender Ausbrüche seinerseits verzichtet.

Ein vorbildliches Verhalten, wie Peters anerkennen musste.

Besucher strömten über die Gänge. Peters blickte

in missmutige, besorgte, tapfere, aufgesetzt fröhliche und erleichterte Gesichter von Patienten, Krankenhauspersonal und Besuchern, auch wenn ihn deren Probleme nicht im Geringsten interessierten. Er hatte derzeit genug eigene.

Vor Yobaz' Tür angekommen, scheuchte er den wachhabenden, reichlich müde und gelangweilt wirkenden Polizisten von seinem Platz und nach Hause.

Dessen Abzug sah mehr nach Flucht vor Peters' schlechter Laune aus, denn nach Freude über einen frühen Feierabend.

Peters machte sich nicht die Mühe, an die Tür des Krankenzimmers zu klopfen, und riss sie einfach auf.

Das zufriedene Grinsen des Patienten sollte ihn wohl dazu verleiten, diesem einen noch längeren Aufenthalt hier zu bescheren, aber Peters konnte sich gerade noch beherrschen, nicht in das feiste Gesicht zu schlagen, in dem die Hämatome langsam wieder abheilten.

»Guten Tag!«, begrüßte ihn Yobaz breit grinsend. »Mein Anwalt hat mir schon Bescheid gesagt. Ich sagte Ihnen doch von Anfang an, ich bin unschuldig.«

Peters raste innerlich. Nicht einmal mehr die schlechten Nachrichten konnte er selbst überbringen.

Er brauchte unbedingt ein Ventil. Nur sah er grad niemanden, an dem er es hätte auslassen können. Yobaz wartete nur darauf, ihm über seinen verfluchten Anwalt eins auszuwischen, und die Hansen war heute einfach zu brav, als dass er ihr etwas hätte antun wollen, und wäre es auch nur verbal gewesen.

Verdammter Fall! Nichts, aber auch gar nichts, lieferte handfeste Ergebnisse!

Tief holte er Luft und riss sich zusammen. Die Freude, Yobaz seine innere Zerrissenheit zu zeigen, wollte er diesem nicht gönnen.

»Schön, dann kann ich mir die Mühe, Sie zu informieren, ja sparen. Sie sind auf Kaution entlassen. Die Bedingungen hat Ihnen Ihr Anwalt sicher schon mitgeteilt, oder?«

»Ja, hat er«, feixte Yobaz.

Sicherheitshalber gab Peters seiner Kollegin einen Wink und sie klärte Yobaz auf, insbesondere über seine wöchentliche Meldepflicht. Man wusste ja nie.

Noch stand Yobaz unter Verdacht. Das Risiko, diesen Verdächtigen aufgrund eines Formfehlers zu verlieren – zumal Peters kaum jemand anderes als Täter zur Verfügung stand -, konnte er nicht eingehen.

Peters hielt sich nicht länger mit Yobaz auf, als er musste, und stürmte gleich wieder aus dem Zimmer. Die Hansen im Schlepptau.

Kaum auf dem großen Flur in Richtung Ausgang stockte jedoch sein Schritt. Seine Kollegin konnte es gerade noch verhindern aufzulaufen.

»Was ist?«, fragte sie und richtete damit das erste Mal seit Stunden wieder das Wort an ihn. Die Ruhe war vorbei.

Er ruckte mit dem Kopf zu einer Gruppe von Besuchern, die ihnen entgegen kam. Drei Männer. Schwarzköpfe, was er nicht laut sagte, aber seine Gedanken gingen ja niemanden etwas an.

»Ich kenne den Typen da links …«

Damit meinte er einen jungen Albaner, der trotz der allgegenwärtigen Handyverbotsaufkleber mit seinem spielte.

Neben ihm lief ein südländisch aussehender Mann mit Blumenstrauß in den Händen. Allerdings ging er so unflätig damit um, dass kaum der Eindruck entstand, er wolle damit jemanden aufmuntern, der ihm am Herzen lag oder um den er sich sorgte.

Der dritte Mann arabischer Herkunft war ein reines Muskelpaket und nicht nur die Goldkettchen um den Hals verrieten den Schläger.

Entweder Rausschmeißer oder Geldeintreiber, vermutete Peters. Auch er kam ihm bekannt vor, er konnte ihn jedoch nicht sofort zuordnen.

»Die drei dort.« Peters wies unauffällig auf die Männer. »Den Linken kenne ich. Er ist Profi auf dem Gebiet, sich anderer Leute Besitz anzueignen. Gehört zu einer albanischen Gang.«

»Und?«, fragte die Hansen deutlich irritiert.

Peters hatte so ein Gefühl. »Schauen wir mal, wohin sie wollen …«

Er setzte sich auf einen der Stühle, die reihenweise auf dem Gang standen, und verfolgte den Weg der

Männer.

Die Hansen setzte sich neben ihn und – spielte natürlich auch gleich wieder mit ihrem smarten Phone. Wie er die Dinger hasste!

Doch seine Aufmerksamkeit galt den Männern und als hätte er es geahnt, führte der Weg zu Yobaz' Zimmertür.

»Wusste ich es doch!«, freute er sich leise. »Dann schauen wir mal, was die von Yobaz wollen ...«

Er stand auf und wandte sich dem Krankenzimmer zu, in das die drei Männer gerade eintraten.

»Sie wollen doch wohl nicht vor der Tür lauschen!«, empörte sich das junge Ding an seiner Seite.

»Und wenn doch?«, schoss er zurück. »Sie müssen noch viel lernen!«

Sie zuckte die Schulter und zwinkerte ihm zu. »Die werden wohl kaum Deutsch miteinander reden und Sie verstehen ja eh kein Wort. Und so gut, um ein Gespräch zwischen vier Arabern zu verfolgen, bin ich auch nicht.«

Peters ballte die Fäuste. Dass dieses Weibsstück auch immer recht haben musste!

Wütend drehte er sich um und stapfte über die Flure zurück zu seinem Wagen.

Smartphone sei Dank

Wieder einmal schaffte es die Hansen, ihn zu überraschen. Und damit meinte er nicht den Kaffee, den sie noch in aller Gemütsruhe aus dem Automaten zog, während er schon ungeduldig aufs Lenkrad trommelte und notgedrungen auf sie warten musste.

Sie stieg ins Auto und reichte ihm einen Becher. Wohl oder übel nahm er ihn, wohin sollte sie auch sonst mit dem Ding.

Der Platz im Dienstfahrzeug, das genauso in die Jahre gekommen war wie Peters, war begrenzt und damals hatten die Polizeiausstatter noch nicht an so etwas Substantielles wie zwei Becherhalter gedacht.

»Hier, bitte!«

Seine Kollegin hatte es fertiggebracht, ihren Becher kippsicher in der Türablage unterzubringen, und hielt ihm ihr Handy vor die Nase.

»Ich hab ein Foto von den Männern gemacht, vielleicht können wir ja rausfinden, wer die anderen beiden sind. Interessant ist auf alle Fälle, dass Yobaz solche Bekanntschaften pflegt.«

Peters stand der Mund offen. Das war ein guter Schnappschuss. Wann hatte sie den gemacht? Und noch dazu so unauffällig?

Die Fragen verkniff er sich jedoch, trank einen Schluck von dem viel zu heißen Kaffee und verbrannte sich prompt die Zunge, was ihn daran hinderte, den passenden Fluch laut auszuspeien.

So beschränkte er sich auf ein Nicken, verbarrikadierte den Becher zwischen allerlei Krimskrams in der Zwischenablage und startete den Wagen.

»Dann zurück ins Präsidium, mal sehen, was wir über die drei rausfinden können«, ordnete er stattdessen mit tauber Zunge an und fuhr los.

Die Hansen blickte auf die Uhr. »Ich drucke das Bild gleich Montagfrüh aus. Heute muss ich leider auf meinen pünktlichen Feierabend bestehen.«

Peters schnaufte erbost. »Jetzt? Wo sich endlich etwas tun könnte? Warum das?«

Frechheit!

Sie lächelte. »Weil heute die Weihnachtsfeier im Präsidium stattfindet. Gehen Sie etwa nicht hin?«

»Pah!« Peters schnaubte. »Auf das Gedöns hab ich echt keinen Bock! Da war ich schon seit Jahren nicht mehr!«

Als er das letzte Mal dran teilgenommen hatte, hatte er damit auch unbewusst das Ende seiner Ehe eingeleitet. Das war dann auch sein letztes Weihnachtsfest *im Kreis der lieben Familie* gewesen. Von wegen Fest der Liebe …

»Schade«, meinte die Hansen und schickte ihm ein, wie er fand, mitleidiges Lächeln. »Ich hatte mich auf einen netten Abend mit Ihnen gefreut.«

Peters glaubte, sich verhört zu haben, starrte sie perplex an und legte auf ihren Zuruf erst im letzten Moment eine Vollbremsung hin, um den kreuzenden Fußgänger auf dem vor ihm liegenden Zebrastreifen nicht auf die Stoßstange zu nehmen.

Er schüttelte den Kopf. Der Fußgänger zeigte ihm einen Vogel. Ja, den hatte er auch verdient, gestand sich Peters ein. Und die Hansen ebenfalls.

***

Polizeihauptkommissar Holger Peters lebte seinen Feierabend, den er alleine verbrachte wie jeden anderen, wieder einmal in seinem Garten aus.

Heute nur in dem Bewusstsein, dass der Rest der Kollegen sich in Feierlaune und bierselig um die Hansen scharren würde, um sie gegen ihn aufzubringen.

Vielleicht schafften sie es, vielleicht auch nicht. Das junge Ding war ja nicht auf den Kopf gefallen und hatte sich im Umgang mit ihm bisher tapfer geschlagen.

Dennoch war es ihm in keiner Weise recht, was da über ihn ausgeplaudert wurde. Davon konnte er ausgehen. Klingebiel würde schon dafür sorgen.

Wie auch immer, alleine der Gedanke machte ihn wütend.

Im Licht mehrerer Baustrahler schnitt er schließlich gegen 22 Uhr die Obstbäume aus. Normalerweise erledigte er das im Januar, aber zurzeit fand er nichts Besseres zu tun, um seine unterschwelligen Aggressionen loszuwerden. Gartenarbeit konnte ihn zu jeder Zeit beruhigen.

Sollten die Nachbarn wegen der grellen Beleuchtung doch meckern, so viel sie wollten! Das war eben seine Art, Weihnachten zu feiern.

Die erste heiße Spur

Am Montagmorgen, nach einem stink-langweiligen und launischen Wochenende, das ihm den schlechtesten Vorgeschmack auf seinen Ruhestand gegeben hatte, war Peters mal wieder früher im Büro und wartete ungeduldig auf die Kollegin. Schließlich hatte sie das Foto auf ihrem Handy. Ohne dem konnte er nicht viel erreichen.

Die Daten des Albaners, Ilyas Ibrahimi, hatte er inzwischen abgerufen. Ein feines Früchtchen und gut bekannt. Die Daten füllten mehrere Seiten und reichten von Einbruch und Drogenhandel bis hin zu schweren Körperverletzungen. Leider wies nichts in seiner Akte auf eine Verbindung zu Yobaz hin.

So kam Peters nicht weiter.

Seine Pflanzen hatte er schon versorgt und frischen Kaffee gekocht, da erschien die Hansen endlich um 8:31 Uhr zum Dienst.

»Das wurde aber auch Zeit«, donnerte er los, kaum dass die Kollegin die Tür hinter sich geschlossen hatte. »Her mit dem Foto!«

Sie lachte. Wirklich. Dieses unverschämte, junge Ding lachte!

»Guten Morgen, Kollege Peters. Schon so ungeduldig?« Sie schnupperte. »Frischer Kaffee? Na dann, sollte ich wohl mal gleich loslegen, oder?«

In aller Ruhe zog sie ihre Jacke aus, hing sie über den Stuhl und erst dann griff sie zum Handy, rief das Bild auf und übertrug es auf ihren Laptop.

Das dauerte eine Ewigkeit! Peters Empfinden nach.

Das plötzliche Losrattern des Druckers ließ ihn dann jedoch zusammenzucken und auf das Ding zusteuern. Minutenlang musste er allerdings noch auf den Ausdruck warten. Das Gerät war ja noch altersschwächer als er. *Das* gehörte in Rente!

»Schade, dass Sie am Freitag nicht auf der Weihnachtsfeier waren«, schnatterte die Hansen in der Zwischenzeit und nippte genüsslich an ihrem Kaffee. Dabei ließ sie ihn nicht aus den Augen.

»Pah!« Mehr Worte waren ihm die Antwort nicht wert.

Allerdings hätte er zu gerne gewusst, welche Meinung sie nun über ihn hatte. Wollte er das wirklich wissen? Ja, verdammt! Warum? Die Frage konnte er sich selbst nicht beantworten. Dazu hätte er ehrlich zu sich sein müssen und dazu war er grad nicht bereit. Immerhin konnte er vor sich zugeben, dass sie keine noch schlechtere als ohnehin schon über ihn haben sollte.

Themawechsel. Er riss das Bild an sich, kaum dass das Blatt den Drucker passiert hatte. Verdammt gute Auflösung für so ein kleines Telefon, musste er zugeben. Besser als seine Digitalkamera, die allerdings auch schon in die Jahre gekommen war.

»Ist Ihnen inzwischen eingefallen, wer der andere Mann war?«, fragte die Hansen nach und ließ zum Glück das Thema Weihnachtsfeier fallen. »Den bulligen, meine ich.«

Peters schüttelte den Kopf und musterte Besagten auf dem Bild. »Er erinnert mich an jemanden, aber ich bin nicht sicher … Warten Sie!«

Er stürmte an seinen Schreibtisch und durchsuchte auf dem Rechner das Onlineregister der Polizei.

»Hier!«, freute er sich einige Zeit darauf. »Das ist er. Hat sich zwar um ein paar Pfund verändert, aber wenn mich nicht alles täuscht, ist das Hassan Nidal. Er wurde erst vor einiger Zeit wegen gemeinschaftlichen Einbruchs und Diebstahls im Zuge einer Razzia verhaftet. War ein Rieseneinsatz, inklusive GSG9-Beteiligung. Allerdings mussten sie ihn wieder laufenlassen. Konnten ihm nichts nachweisen.«

»Einbruch und Diebstahl … Bei Yobaz wurde weder eingebrochen, noch wurde er bestohlen – bis auf seine beiden Telefone. Wie steht der nun mit ihm in Verbindung?«

Peters ließ sich in seinen Stuhl zurückfallen, während die Hansen neben ihm erschienen war und das erkennungsdienstliche Bild musterte.

»Gar nicht. Zumindest bisher nicht. Aber genau das werden wir herausfinden!«

»Hm …«

»Was heißt hier *hm*?!«, wetterte Peters.

»Das soll heißen, noch ist doch gar nicht klar, dass überhaupt eine Verbindung besteht. Wer ist der dritte Mann?«

Peters schnappte sich den Ausdruck und musterte das Gesicht des Besagten. Der mit dem Blumenstrauß. Aber so sehr er sich auch anstrengte, dieses Gesicht sagte ihm nichts. »Kenn ich nicht.«

»Vielleicht aber jemand von den Kollegen«, schlug die Hansen vor. »Ich könnte ja mal rumfragen.«

»Klar, nach der Feier sind Sie sicher mit jedem per Du und wissen alles über jeden«, schnaubte er, erst dann wurde ihm bewusst, dass er zu viele seiner Gedanken verraten hatte.

Die Hansen lächelte wissend. »Okay, ich schick das Bild mal über Mail an die Abteilungen, geht schneller als ausdrucken und verteilen, wo die Kollegen mich doch nur bei einem Klönschnack aufhalten«, meinte sie zwinkernd und machte sich sogleich an die Arbeit.

Peters knirschte mit den Zähnen und verbat sich jede Antwort.

***

Am frühen Nachmittag bekamen sie endlich eine Rückmeldung. Ein Kollege aus dem Dezernat für organisierte Kriminalität, kurz OK, erkannte den dritten Mann auf dem Foto: Mesut Korkmaz.

Diese Spur führte endgültig zu Yobaz. Denn Korkmaz stand auf der Liste der ehemaligen Mitarbeiter. Bingo.

Sein Foto und seine Personalien waren Bestandteil der Polizeidatenbank. Mehr aber auch nicht. Das war ungewöhnlich.

Wieso gab es keinen Eintrag, obwohl der Mann erkennungsdienstlich behandelt worden war und somit Fotos und Fingerabdrücke hätten gespeichert sein müssen?

»Als hätte jemand den Inhalt gelöscht ...«, murmelte Peters vor sich hin.

»Das kommt vor«, meinte die Hansen.

»Ja, aber dann löschen die doch die gesamte Akte.«

»Normalerweise, wenn die Frist abgelaufen ist, ja. Aber es gibt auch Fälle, wo nur der Falldaten, nicht aber die Personalien gelöscht werden.«

Peters runzelte die Stirn. »Und wozu soll das gut sein?«

Die Hansen ging zur Kaffeemaschine und fragte Peters mit einer Geste, ob er auch einen wollte, doch er winkte ab.

»Datenschutz zum Beispiel«, erklärte sie lapidar. »Aber das ist weniger mein Fachgebiet. Vielleicht fragen wir da mal nach?«

»Gute Idee!« Er rieb sich die Hände. »Können Sie gleich mal machen, Kollegin.«

Annika Hansen seufzte theatralisch und stellte ihren Becher neben dem Telefon ab, zu dessen Hörer sie gleich danach griff. Dabei unterdrückte sie ein Schmunzeln.

Peters sah es aber doch und musste diesmal ebenfalls grinsen. In Momenten wie diesen war er schon verdammt froh, das junge Ding an seiner Seite zu wissen. Sie nahm ihm so manche unliebsame Aufgabe ab. Wozu der Kontakt mit den Kollegen natürlich gehörte.

Kurz darauf hatte sie die gewünschten Informationen. Dieser Mesut hatte die Löschung beim Datenschutzbeauftragten vor ein paar Monaten beantragt.

So etwas war Peters in seinem ganzen Berufsleben noch nicht untergekommen. Warum sollte jemand das tun?

Den würde er sich mal näher angucken. Um keine Zeit zu verlieren, warf die Hansen die Vorladung persönlich in Korkmaz´ Briefkasten.

Das Kreuzverhör

Mesut Korkmaz erschien zwei Tage später pünktlich im Präsidium. Ein Wachhabender begleitete ihn zum Vernehmungszimmer, in dem Peters bereits seit einer Weile unruhig auf und ab tigerte.

Die Hansen hatte es sich am Tisch gemütlich gemacht, die Bandaufzeichnung vorbereitet – frischen Kaffee bereitgestellt – und saß über ihren Notizen.

In den letzten Tagen hatte sich keine neue Spur ergeben, noch nicht mal ein klitzekleiner Hinweis auf irgendetwas, das ihnen hätte weiterhelfen können.

Seine Nerven lagen blank. Ende Januar drohte der Ruhestand und in ein paar Tagen war schon Weihnachten. Zwischen den Tagen liefen Ermittlungen nur mit halber Kraft. Wer konnte, nahm sich Urlaub. Frechheit. Als ob die Verbrecher ebenfalls Weihnachtsferien machen würden! Peters war mal wieder stocksauer. Ihm lief schlichtweg die Zeit davon.

Die Tür öffnete sich und der Vorgeladene wurde zunächst begrüßt auf seinen Platz gegenüber am Tisch verwiesen. Peters wollte sofort loslegen, doch die Hansen brachte ihn mit einer Handbewegung zum Schweigen, noch bevor er auch nur ein Wort gesagt hatte.

Sie informierte Korkmaz über den Mitschnitt, was Mesut verwunderte und Peters aufhorchen ließ. Woher kannte der Mann die bislang geltende Praxis, beim Verhör auf althergebrachte Weise – die Peters auch deutlich besser gefiel – mitzuschreiben, statt auf Band aufzuzeichnen? Doch nur, wenn er bereits Vernehmungen dieser Art hinter sich hatte.

Die Hansen erklärte ihm seine Rechte und Pflichten als Zeuge, denn nur das war er zu Peters Leidwesen derzeit. Aber er hoffte auf mehr.

Sein Bauchgefühl sagte ihm, der Typ war nicht ohne. Allerdings konnte Peters nicht sagen, ob das an dem betont unschuldigen, fast amüsierten Blick des Mannes lag, oder an der vorbeieilenden Zeit ohne Ergebnisse.

So oder so, die Hansen war endlich fertig.

»Fangen wir also an, Herr Korkmaz«, begann Peters. »Was wollten Sie am letzten Freitag in der hiesigen Klinik von Osman Yobaz?«

Ein verwunderter Blick traf ihn. »Wie kommen Sie darauf, dass ich Herrn Yobaz besucht habe?«

»Ich habe Sie in Begleitung zweier … nun, mir bekannter Personen gesehen.«

»Ach so!« Ein überlegenes Lächeln erschien auf dem Gesicht des Mittdreißigers. »Ein Krankenbesuch. Was sollte ich sonst in einem Krankenhaus wollen, wenn ich nicht krank bin?«

Peters ging nicht auf die herausfordernde Ironie ein. »Woher kennen Sie Osman Yobaz?«

»Von früher«, erzählte Korkmaz freimütig.

»Unsere Familien stammen aus derselben Heimatstadt. Ich kenne ihn seit meiner Kindheit.«

»Und seitdem pflegen Sie regelmäßigen Kontakt?«

»Nein.« Korkmaz lehnte sich bequem in den Stuhl zurück. »Als Osmans frühere Firma vor etwa zwanzig Jahren in einen Betrugsskandal verwickelt wurde, verschwand er von der Bildfläche und der Kontakt brach ab.«

Betrugsskandal? Peters wechselte einen Blick mit seiner Kollegin. Das passte ins Bild.

»Dennoch haben Sie vor Kurzem noch für ihn gearbeitet.«

»Ja. Ich war gerade mit meinem Studium fertig, als ich an der Firma vorbeifuhr und mir der Name bekannt vorkam. Also erkundigte ich mich, bewarb mich und Osman stellte mich ein.«

»Allerdings nicht für lange«, meinte Peters lapidar.

»Stimmt.«

Wut schimmerte kurz in den Augen des Zeugen auf. Peters blieb das nicht verborgen.

»Und warum wurde Ihnen gekündigt?«

Mesut Korkmaz zuckte die Schultern und blickte auf einen imaginären Punkt an der Wand. »Das müssen Sie Osman Yobaz fragen. Das war noch in der Probezeit. Eine Erklärung habe ich nicht bekommen.«

»Sie müssen doch ziemlich aufgebracht deswegen gewesen sein«, überlegte Peters und ließ ihn keine Sekunde aus den Augen. »Wie ich sehe, haben

Sie Familie, einen kleinen Sohn. Gerade mit dem Studium fertig, da braucht man einen Job. Den gleich wieder zu verlieren, kam sicher nicht passend.«

»Natürlich nicht.« Korkmaz schnaubte. »Aber so ist das eben heutzutage. Man ist leicht ersetzbar.«

»Hm«, meinte Peters, scheinbar von dessen Großmut beeindruckt. »Und obwohl Sie allen Grund hätten, ihm das nachzutragen, besuchten Sie ihn im Krankenhaus.«

Korkmaz grinste ihn an. »Das verstehen Sie nicht. Er war praktisch Teil meiner Familie, ich nannte ihn Onkel als Kind. Solche Verbindungen bleiben, auch wenn man Differenzen hat.«

Peters warf seiner Kollegin einen weiteren Blick zu. Ihre Einsichten in die orientalische Mentalität gingen tiefer als seine.

Sie nickte kaum merklich.

»Na schön«, fuhr er fort. »Woher wussten Sie von seinem Krankenhausaufenthalt?«

»Aus der Presse. Osman wäre vor seinem eigenen Haus überfallen und zusammengeschlagen worden. War wohl ziemlich schwer verletzt. Und er sah bei meinem Besuch auch wirklich nicht gut aus. Es ging ihm noch sehr schlecht. Und als er mir von seiner widerrechtlichen Verhaftung erzählte, war ich natürlich schockiert.«

»Weswegen schockiert?«, fragte Peters.

Korkmaz lachte auf. »Er sagte, Sie oder jemand anderer hätten ihm Drogen und eine Waffe untergeschoben, um ihm was anzuhängen. Aber …« Er zögerte, dann warf er Peters einen bezeichnenden Blick zu.

»Aber?«, hakte Peters nach.

Der Zeuge lehnte sich gemütlich zurück und blickte Peters frei in die Augen. »Ich habe Osman auch von anderen Seiten kennengelernt. Wundern würde mich nichts.«

Peters fiel nicht auf das Katz- und Maus-Spiel des Zeugen herein, um von sich abzulenken. »Was wissen Sie konkret?«

»Ich?« Korkmaz verschränkte die Arme und zuckte die Schultern. »Nichts. Nur Gerüchte, die ich als Kind in der Türkei gehört habe. Schon lange her. Längst verjährt, falls da jemals was dran war.«

Peters nickte. Mit dreißig Jahren alten Gerüchten wollte er sich nun wirklich nicht aufhalten.

»Kommen wir zu Ihnen. Ganz so unbedarft scheinen Sie nicht mehr zu sein. Sie wurden bereits erkennungsdienstlich behandelt.« Peters war sich ziemlich sicher, dass der Deutschtürke ihm etwas vormachte.

Korkmaz wirkte erstaunt und winkte dann ab. »Ich hab während des Studiums als Türsteher gearbeitet, da bleibt das nicht aus. Aber das wissen Sie ja sicher.«

Peters fluchte innerlich. Der Mann hatte recht. Rausschmeißer und Türsteher gehörten neben Zuhälter und osteuropäischen Prostituierten zu den besten Bekannten der Polizei. Nicht immer, weil sie manchmal tatsächlich gewalttätig wurden, sondern weil sich abgewiesene Gäste rächen wollten und selbst die klitzekleinste Berührung als brutalen Angriff zur Anzeige brachten. Meist wurden diese gar nicht erst weiterverfolgt, dennoch waren die Jungs der Polizei ab dato bekannt.

Das erinnerte Peters jedoch an etwas. »Wieso haben Sie Ihre Einträge im Polizeiregister löschen lassen?«

»Ich habe mit meiner Vergangenheit abgeschlossen und will damit nichts mehr zu tun haben.«

»Das hätten Sie doch auch ganz gut, ohne die Einträge löschen zu lassen«, wandte Peters sofort ein und wartete gespannt auf Korkmaz' Antwort.

Dieser hob die Augenbrauen und lehnte sich auf dem Tisch abstützend nach vorne. »Es gab im Fernsehen mal eine Reportage über ein Mitglied einer rechten Partei. Auf einer Demonstration hat der eine Rede gehalten. Aber was mich gewundert hat, der Reporter wusste, dass man in der Vergangenheit gegen den schon einmal wegen Körperverletzung ermittelt hatte. Da so etwas nur im Polizeicomputer auffindbar ist, frage ich Sie, wie der Reporter an solche Informationen gelangen konnte?«

Inzwischen war Peters nicht mehr so siegessicher und die Vorfreude war dahin.

Korkmaz fuhr währenddessen fort: »Wenn ich irgendwann vielleicht mal als Ingenieur tätig bin, dann will ich nicht von meiner Vergangenheit eingeholt werden und meinem zukünftigen Chef eine unangenehme Erklärung schuldig sein. In meinem Lebenslauf ist für solche, nenne wir es mal Jugendsünden, kein Platz. Das verstehen Sie doch?«

Jetzt lehnte Peters sich zurück und hob auf die Hansen blickend seine Augenbrauen. Die verstand das als Aufforderung, das Verhör fortzuführen, und reagierte auch sofort.

»Wo waren Sie am Dienstag vor zwei Wochen gegen 23 Uhr?«

»Puh, da muss ich überlegen … ein Dienstag … Da war ich im Türkischen Café, das sich Galatasaray Café nennt, in Tenever.«

»Kann das jemand bestätigen?«

»Sicher. Etwa fünfzehn Gäste, die mit mir Fußball geschaut haben.«

»Drei werden reichen. Sagen Sie mir bitte die Namen, damit wir das überprüfen können.«

Bereitwillig gab Korkmaz Auskunft und die Hansen hielt die Namen der Zeugen zusätzlich in ihren Notizen fest.

»Während Ihrer Zeit in der Firma *Bio-Sun*, hatten Sie da Zugriff auf den Wagen Ihres Chefs?«, fragte Peters.

Korkmaz schüttelte den Kopf. »Nein. Osman gab den Schlüssel nicht aus der Hand. Der ließ nicht mal seine Lebensgefährtin fahren. Wieso fragen Sie? Bin ich hier noch als Zeuge oder inzwischen als Tatverdächtiger?«

»Sind Sie denn ein Tatverdächtiger?«, fragte Peters zurück.

Korkmaz zuckte die Schultern. »Nicht, dass ich

wüsste.«

Das kaufte Peters ihm nicht ab. »Besitzen Sie ein Handy mit dieser Nummer?«

Er schob ihm einen Zettel mit der Nummer des Prepaidhandys hin.

»Nein.« Korkmaz schüttelte den Kopf. »Ich besitze nur das hier.«

Er zog ein Smartphone aus der Jackentasche und rief die eigene Nummer auf, zeigte sie der Hansen, die sie abschrieb.

Allerdings sagte das noch gar nichts. Eine Prepaidnummer war leicht unter falschem Namen besorgt und genauso schnell wieder für immer unauffindbar in irgendeinem Gewässer entsorgt.

»Kommen wir noch einmal auf Ihren Krankenbesuch zurück«, meinte Peters. »Sie waren in Gesellschaft von Hassan Nidal und Ilyas Ibrahimi. Kein unbedingt guter Umgang, wenn man Wert auf ein gutes Image ohne Einträge im Polizeiregister legt.«

»Wir kennen uns schon lange aus dem Türstehermilieu und trafen uns zufällig bei McDonalds, als ich Osman besuchen wollte«, erwiderte Korkmaz. »Da sind die beiden mitgekommen, um ihm ebenfalls gute Besserung zu wünschen.«

»Kennen die beiden denn Osman Yobaz?«, fragte Peters neugierig.

Korkmaz zuckte die Schulter. »Das müssen sie nicht. Bei uns gehört sich das so, Freunden Beistand zu leisten.«

Wieder nickte die Hansen kaum merklich, doch Korkmaz war das nicht entgangen, so wie er grinste.

Wie auch immer. Peters hatte nichts gegen Mesut in der Hand und musste ihn kurz darauf widerwillig gehen lassen.

Sauerkirschen auf der spur

Wieder nichts. So kam er nicht weiter!

Zurück im Büro wandte sich Peters grimmig an die Kollegin. »Nehmen Sie einen Kollegen von der Streife mit und fahren Sie umgehend in dieses Café und machen Sie die Zeugen ausfindig. Überprüfen Sie Korkmaz' Alibi.«

»Gern«, meinte die Hansen, nahm sich ihre Jacke und machte sich auf den Weg. Auf dem Weg zur Tür wandte sie sich noch einmal ihm zu. »Ich glaub auch nicht, dass er so unschuldig ist, wie er tut.«

Peters nickte nur, ließ sich schwer auf seinen Stuhl fallen und trommelte mit den Fingern auf die Schreibtischplatte.

Sein Bauchgefühl sagte ihm auch mehr als deutlich, dass Korkmaz irgendetwas wusste. Aber leider stellte ihm kein Richter auf der Welt aufgrund eines Gefühls einen Haftbefehl aus.

Nicht mal eine bestimmte Richterin …

Verdammt, an die wollte er heute bestimmt nicht denken. Er war froh, wenn er sie das ganze Jahr über nur sporadisch aus beruflichen Gründen sehen musste, aber grad zu Weihnachten gingen ihm solche oder zufällige Treffen an die Nieren.

***

»Das brachte uns leider nicht weiter«, bedauerte

die Hansen, als sie kurz vor Feierabend das Büro betrat und sich noch in Jacke in ihren Stuhl warf. »Mesut Korkmaz war zum Zeitpunkt des Überfalls auf Osman Yobaz tatsächlich im Türkischen Café, wie er sagte. Die Zeugen haben uns das bestätigt.«

»Und trotzdem ist der Junge nicht sauber!«, giftete Peters und knallte die Schere hin, mit der er seinen einzigen Zimmerbonsai vergeblich versucht hatte, in Form zu bringen.

Das Ding – ein Geschenk seiner Kollegen zum Sechzigsten - sah inzwischen aus wie ein gerupfter Kanarienvogel. Peters bekam den Dreh einfach nicht raus, ein auch nur annähernd formschönes Etwas daraus zu machen.

»Und eine andere Spur haben wir immer noch nicht!«

»Vielleicht ja doch …«, meinte die Hansen, schlüpfte mit den Armen aus ihrer Jacke und warf sie über die Stuhllehne, fuhr ihren Laptop hoch. »Da war doch mal was wegen einer Rückrufaktion mit Sauerkirschen …«

»Was sollen denn Sauerkirschen mit unserem Fall zu tun haben?«, wurde Peters nun seinerseits sauer wie die Kirschen mit den Scherben im Glas und schob das unschöne Ergebnis einer malträtierten Zwergkiefer wieder auf die Fensterbank.

»Vielleicht nichts«, gab die Hansen zu. »Aber wir gehen doch noch davon aus, dass der Überfall auf Yobaz ein Racheakt gewesen sein könnte. Und was läge näher, um dem Ruf einer Firma zu schaden, als verdorbene Lebensmittel? Oder wie hier, Glassplitter in der Verpackung? Zumal die Rückrufaktion nur ein paar Wochen vor dem Überfall stattfand. Vielleicht nicht mit dem gewünschten Erfolg? Deshalb dann der nächste Schritt – der Überfall.«

»Vielleicht, vielleicht, vielleicht - immer dieses Vielleicht!«, schimpfte Peters und ließ sich auf seinen Stuhl fallen. »Aber da wir wirklich nichts anderes haben ... meinetwegen! Unterhalten wir uns mit der Person, die die Scherben gemeldet hat. Wo wohnt sie?«

»In Frankfurt, sagt *Foodwatch*, da hat sie das auch gemeldet«, meinte die Hansen nach einem kurzen Blick auf den Bildschirm.

»Auch das noch!«, regte sich Peters gleich weiter auf. »Dann sollen die Jungs vor Ort das machen. Klären Sie das! Und zwar pronto! Ich will den Fall noch in diesem Arbeitsleben gelöst haben.«

Es kostete Peters alle Beherrschung, nicht irgendeinen Gegenstand von seinem Schreibtisch gegen die Wand zu schmettern. Aber die Blöße würde er sich vor dem jungen Ding mit Sicherheit nicht geben.

Kirschkuchen

Sabine Müller, die Kundin mit den Glasscherben in den Sauerkirschen, gab zwar an, niemanden in Bremen oder Umland zu kennen, gerne aber bereit zu sein, dort ihre Aussage zu machen. Eine willkommene Gelegenheit für sie, die Stadt über Weihnachten zu besuchen, sie hätte ohnehin nichts Besseres vor.

Peters war das recht, das ersparte ihm ein langwieriges Hin und Her mit den Kollegen an ihrem Wohnort – wer wusste schon, ob die auch die richtigen Fragen gestellt hätten, so wie er?

Ein Termin war kurzfristig gemacht und so saß ihm die angeblich Geschädigte bereits zwei Tage später gegenüber im Büro.

Die 37-jährige wirkte auf Peters nicht wie jemand, der an fettarmen Bioprodukten knabberte, sie war klein und recht mollig und machte einen überdrehten Eindruck. Vermutlich zu viel Zucker.

Oder Kaffee, überlegte er, als die Hansen ihnen allen einen frischen hinstellte.

»Also schön, Frau Müller, dann erzählen Sie mal«, setzte Peters an und weiter kam er auch nicht.

»Das war so, Herr Kommissar –«

»Polizeihauptkommissar!«

Die Hansen grinste heimlich, Peters sah es trotzdem und schickte ihr einen finsteren Blick.

»Ja, Entschuldigung, Polizeihauptkommissar …

meine Güte, das ist so lang. Reicht nicht Kommissar?«

Peters reichte ein Blick.

»Nein? Na, gut, also ... wo war ich? Ach ja. Also, ich hab da diese Sauerkirschen von *Bio-Sun* gekauft. War das erste Mal, wollte die mal ausprobieren. Aber wie ich zuhause das Glas aufmache – Sie glauben es nicht!«

Patschend schlug sie ihre Hand auf Peters Schreibtisch.

»Also, ich gieße die Kirschen auf ein Sieb – ich wollte Kirschkuchen backen, sagte ich schon, oder?«

Die Hansen schüttelte scheinbar sehr interessiert den Kopf.

»Nein? Nun gut, also Kirschkuchen – Rührteig mit sieben Eiern – sieben, nicht sechs oder fünf, dann wird er zu trocken, also mit sieben Eiern und das geht ja nur ohne Saft. Also, ich schütte sie in das Sieb zum Abtropfen und da sehe ich – halten Sie sich fest!«

Wieder tätschelte ihre Hand Peters Arbeitsutensil, genannt Schreibtisch.

Sie riss die Augen auf. »Scherben!«

»Kaum zu glauben«, meinte Peters und kämpfte mit seiner Beherrschung.

Wieso hatte er nur eine Sekunde annehmen können, diese Spur würde sie irgendwohin bringen? Und wenn seine Kollegin nicht augenblicklich mit dem Grinsen aufhörte ...

»Was sagen Sie dazu?«, empörte sich aber

zunächst Frau Müller.

»Wie viele waren es denn?«, sprang die Hansen ein, bevor Peters explodieren konnte. »Und wie groß?«

»Wie viele? … Ach, so ein paar, gezählt habe ich sie nicht. Und so groß etwa …« Sie deutete mit Daumen und Zeigefinger einen Zwischenraum von etwa einem halben Zentimeter an.

»So groß wie ein Kirschkern etwa?«, fragte die Hansen nach.

Eifrig nickte die Dame. »Ja, genau. Aber es waren keine Kirschkerne. So dumm bin ich ja nicht.« Sie lachte hektisch.

Peters verkniff sich jede Bemerkung dazu.

»Und dann?«, wollte die Hansen wissen.

»Ging ich natürlich sofort zur Polizei!«, entrüstete sich Sabine Müller. »Nachdem ich das *Foodwatch* und dem Verbraucherschutz gemeldet hatte. Ich meine, wenn ich die nicht gesehen und gegessen hätte … ich wäre sicher daran gestorben! Die hätten mir den ganzen Magen zerschnitten. Oder wenn das jemand anderer nicht bemerkt hätte …«

Peters zweifelte nicht eine Sekunde daran, dass Personen wie die Müller vor dem Öffnen jeder Konserve zunächst einmal die entsprechenden Warnseiten im Internet konsultierten. Was konnte auch sonst alles passieren …?

Sabine Müller lehnte sich während seines Gedankengangs heroisch in ihren Stuhl zurück und griff nach dem Kaffeebecher. »So jemand wie der Yobaz gehört meiner Ansicht nach sofort aus dem Verkehr gezogen.«

»So jemand wie der Yobaz?« Nun wurde Peters aber doch hellhörig. Kannte die Frau den Inhaber von *Bio-Sun* persönlich?

Ihm gegenüber trank Sabine Müller geziert einen Schluck Kaffee – mit abgespreiztem kleinen Finger natürlich. Doch sie wirkte plötzlich nervös. Zusätzlich zu ihrer Überdrehtheit, was sich nicht leicht unterscheiden ließ, aber Peters war schließlich Profi.

»Ja, also, ich meine, so ein Anbieter, wer auch immer dafür verantwortlich ist«, druckste sie und pulte ein paar Fussel von ihrer Bluse.

»Ähnliches passiert immer mal wieder, auch in den besten Betrieben«, hielt die Hansen dagegen. »Das kann ein Fehler in der Abfüllung gewesen sein, ein zerschlagenes Glas, das nicht rechtzeitig gesehen wurde. Wichtig ist nur, dass die Lieferung sofort vom Markt genommen wird und die Kunden informiert werden. Und das tat der Anbieter doch, oder? Zumindest steht es so in dem Bericht der Kollegin, die Ihre Anzeige aufgenommen hat. Ein Unternehmenssprecher hat verkündet, dass es ein Einzelfall war und keine weiteren Scherben in anderen Gläsern gefunden wurden.«

»Ja – und?«, gab sich die Dame unverständlich.

»Nun, was erwarten Sie noch?«

Sie blies die Wangen auf und rang sichtlich nach Worten, dann zuckte sie die Schultern und sah auf die Uhr. »Ich sehe schon, Sie verstehen mich nicht. War das dann alles?«

»Wieso haben Sie es auf einmal so eilig«, fragte Peters, »oder schmeckt der Kaffee nicht mehr«?

»Ich würde mich gerne noch mit meinem Freund treffen, wenn ich schon mal hier bin.«

Freund? In Bremen? Wo sie keinen Menschen kannte, wie sie behauptet hatte?

Peters warf seiner Kollegin einen Blick zu und die nickte kaum merklich.

»Gut, Sie können gehen, Frau Müller«, sagte Peters und zwang sich zu einem unverbindlich wirkenden Lächeln. »Vielen Dank für Ihr Entgegenkommen, uns vor Ort einen Besuch abzustatten. Wenn wir noch Fragen haben, melden wir uns.«

Der Kaffeebecher landete hastig auf dem Tisch und auch die Verabschiedung fiel recht knapp aus. Ein Nicken, ein Gruß und weg war die Kirschkuchen backende Frau Sabine Müller.

»Ich möchte zu gerne wissen, mit wem sie sich hier in Bremen, wo sie doch angeblich keine Menschenseele kennt, treffen will. Die stinkt doch zum Himmel!«, ranzte Peters, kaum dass sich die Tür hinter der Dame geschlossen hatte. »Aber bis ich eine Erlaubnis vom Holt für eine Observation habe …«

Seit dem Vorfall damals mit Klingebiel war Peters gezwungen, sich sämtliche Überwachungsmaßnahmen vorab vom General genehmigen zu lassen.

Vorab, wohlgemerkt. Nicht immer hatte Peters sich daran gehalten.

Er überlegte noch, ob er es diesmal ebenso handhabe, oder das Risiko einging, eine Abfuhr zu bekommen. Eine Weigerung war wahrscheinlicher, die Indizien dem rechtschaffenen General sicher mal wieder viel zu vage für eine Personenüberwachung.

Die Hansen ließ ihn nicht aus den Augen, schnappte sich dann ihre Tasche und Jacke und zwinkerte Peters zu, während sie ihm die Schlüssel für den Dienstwagen vom Schreibtisch stibitzte.

»Ich mach mal Mittag, Kollege Peters. Kann etwas länger dauern. Ich weiß noch nicht, wohin es mich verschlägt oder wer mir über den Weg läuft, aber ich melde mich.«

»Alles klar«, grinste Peters überrascht.

Damit hatte er nicht gerechnet. Aber endlich mal jemand, der seine Probleme verstand. Und auch noch, ohne dass er sie laut erwähnt hatte. Das Mädel wurde ihm immer sympathischer.

Unwillkürlich verglich er die Müller mit der Hansen. Hätte er jemals eine Tochter gehabt, hätte er sich gewünscht, sie wäre Letzterer ähnlich gewesen. Was für ein verrückter Gedanke …

Dennoch zufrieden stand er auf. Er würde der Kantine nach langer Zeit mal wieder einen Besuch abstatten. Aber eines wusste er jetzt schon – Kirschkuchen würde er so schnell nicht wieder anrühren, selbst wenn die Hansen ihn gebacken hätte.

Unerwartete Begegnungen

Auch Annika Hansen wurmte es, in dem Fall nicht weiterzukommen. Mochten die Kollegen über Holger Peters sagen, was sie wollten, sie kam inzwischen gut mit ihm aus. Sofern sie seine Bärbeißigkeit nicht persönlich nahm. Aber dazu hatte sie bislang nur selten Anlass gehabt.

Meist verstand sie, was in ihm vorging, und ja, irgendwie tat er ihr in seiner Einsamkeit auch leid. Keine Frau, keine Familie, keine Freunde, ungeliebte Kollegen und nur den verhassten Ruhestand mit noch mehr Einsamkeit in Aussicht.

Tauschen mochte sie bestimmt nicht mit ihm.

Unauffällig folgte sie Sabine Müller aus dem Präsidium, wobei sie sich nicht besonders bemühen musste. Müller fühlte sich unbeobachtet.

Zielstrebig stieg sie in ihren Wagen, der vor dem Gebäude parkte, bog in die Hauptstraße und nach etwa hundert Metern in die Lange Kurfürstenallee ab und führte Annika Hansen mit ihrem Dienstwagen durch den Stadtteil Schwachhausen nach Bremen-Findorff zu einer bekannten Szenekneipe, die Tag und Nacht geöffnet hatte.

Dafür, dass Frau Müller angeblich fremd in der Stadt war, kannte sie sich erstaunlich gut aus.

Müller wurde bereits am schmalen Eingang erwartet. Ein sportlich gebauter Mann, Mitte dreißig, mit Vollbart, umarmte sie, drückte und küsste sie, was nicht auf einem flüchtigen Bekannten schließen ließ, eher auf einen festen Partner.

Doch die Frau ließ ihn nicht zu Wort kommen – wohl eine typische Angewohnheit von ihr – und sprach hektisch auf ihn ein.

Aus sicherer Entfernung musste Annika Hansen ihre Observation fortführen. Zu groß war das Risiko, erkannt zu werden.

Gegenüber der Kneipe war eine kleine Bucht, in der Annika Hansen inzwischen so parken konnte, dass sie im Rückspiegel den Eingangsbereich gut im Blick hatte.

Währenddessen sprach die Gestik von Müller und ihrem Gesprächspartner für sich. Was auch immer die Frau so emotional berichtete, sie hatte seine volle Aufmerksamkeit.

Der Mann wirkte plötzlich besorgt, griff zum Handy und telefonierte.

Keine zwei Minuten später brachen die beiden eilig auf.

***

Polizeihauptkommissar Holger Peters hatte unterdessen seine Pause beendet und plumpste gesättigt auf seinen Stuhl hinter seinem Schreibtisch.

Ein frischer Kaffee käme ihm jetzt gelegen, aber er war zu faul, die Kaffeemaschine selbst anzuschalten oder sich einen aus dem Automaten zu ziehen, also verzichtete er.

Kaum zu glauben, er hatte sich tatsächlich an das freche, junge Ding, ihren Kaffee und das ständige »Bitte« gewöhnt.

Kurz schlich sich der Gedanke ein, dass sie nach dem Abschluss des Falls die gemeinsame Arbeit beenden mussten, und der Gedanke gefiel ihm gar nicht. Doch dann erinnerte er sich an den Ruhestand, der ihm bevorstand, und das vermieste ihm gleich wieder die gute Laune.

»Peters!«, brüllte er deshalb in sein Handy, kaum dass es den ersten Ton von sich gegeben hatte.

»Hansen hier«, kam es unbeeindruckt und freundlich zurück. So, wie er es von ihr gewohnt war.

Er grinste.

»Sabine Müller hat sich tatsächlich mit einem, besser gesagt, *ihrem* Freund getroffen, und die beiden sind zusammen unterwegs. Dabei haben sie einen alten Bekannten von uns aufgesucht – und nun raten Sie mal wen!«

»Bin ich hier bei *Wer bin ich*?«, wetterte er ins Telefon, aber es kam nicht die erwartete Reaktion, der Nachfrage nach dem *Schweinerl*. Verständlich, das Ding am anderen Ende der Leitung war noch zu jung, um die früher so beliebte Ratesendung mit Robert Lembke zu kennen.

Trotzdem lachte sie. »Sie sind ziemlich schnell über die Autobahn nach Osterholz gefahren, um sich mit Mesut Korkmaz zu treffen.«

»Korkmaz?«, echote Peters. »Interessant …«

»Mehr haben Sie nicht?«, kam es amüsiert zurück.
»Okay, ich bleib noch eine Weile dran. Bisher hat mich keiner gesehen. Vielleicht kann ich rausfinden, worum es tatsächlich geht.«

»Gut«, stimmte Peters zu. »Aber seien Sie bitte vorsichtig. Ich hole mir unterdessen einen Beschluss für die Observation und um das Telefon dieses sauberen Herrn abhören zu lassen.«

Peters beendete das Gespräch. Dann erst wurde ihm die gesamte Tragweite der letzten Momente bewusst.

Hatte er gerade eben tatsächlich *bitte* gesagt?

***

Peters rief den zuständigen Staatsanwalt an und überging General Holt, seinen nächsten Vorgesetzten, damit geflissentlich. Eine richterliche Anordnung für die Observation und das Abhören des Handys von Mesut Korkmaz zu bekommen, sollte nicht das Problem sein.

Doch beim Staatsanwalt biss Peters auf Granit. Er war nicht bereit, aufgrund *vager Vermutungen*, wie er Peters Ermittlungsstand nannte, die Verfügung auszustellen.

Peters warf einige derbe Flüche in den Raum, von dem der Herr Staatsanwalt sicher noch einige gehört haben musste, bevor der Hörer auf der Gabel gelandet war.

Was nun, überlegte Peters, als er sich wieder

etwas beruhigt hatte. Doch zum Chef? Dann musste er beichten, dass er ihn übergangen hatte. Damit bekäme er die Genehmigung erst recht nicht. Holt war da ziemlich pingelig und obrigkeitshörig.

Peters knirschte mit dem Kiefer. Ihm blieb nichts anderes übrig. Er musste jemanden um einen Gefallen bitten, der ihm noch was schuldig war. Und da fiel ihm nur eine Person ein, die dazu vielleicht in der Stimmung und der richtigen Position war, um ihm diesen zu gewähren.

Gleich fiel ihm auch schon der nächste Fluch von den Lippen. Der Gang zum Chef wäre ihm ungleich leichter gefallen …

***

Richterin Anneliese Eggers … Peters stand vor der Tür ihres Sprechzimmers und haderte anzuklopfen.

Unruhig lief er wohl zehn Minuten auf und ab und schimpfte dabei leise vor sich hin. Aber er hatte keine andere Wahl. Er brauchte diese richterliche Anordnung.

Schließlich atmete er tief durch, straffte seine untersetzte Gestalt vor der Tür und klopfte lautstark an diese an.

»Herein«, hörte er eine feine Stimme von innen.

Er wusste aus Erfahrung, dass hinter dieser leisen Tonlage ein Sturkopf steckte, der seinem in nichts nachstand.

»Moin, Anneliese«, grüßte er beim Eintreten

möglichst unbefangen, als wäre nie etwas zwischen ihnen gewesen, und setzte sich ungefragt auf den Besucherstuhl vor ihrem Schreibtisch.

Der Höflichkeit halber – oder vielleicht auch der alten Zeiten willen, aber ganz besonders, weil er etwas von ihr wollte – setzte er ein Lächeln auf.

»Holger …«, entfuhr es ihr überrascht, als sie von der Akte vor sich aufsah, und Röte schoss in ihr hübsches, von kinnlangen, aschblonden Haaren, in denen sich erste graue Strähnen tummelten, umrahmtes Gesicht. Sie mochte jetzt um die fünfzig sein, genau wusste er es nicht mehr. »Mit dir habe ich nun überhaupt nicht gerechnet, so kurz vor deinem Ruhestand.«

Sie lehnte sich in ihren Stuhl zurück und legte den Stift betont langsam auf die aufgeschlagene Akte. Ihre Miene verfinsterte sich wie ihre Stimme. »Was willst du diesmal?«

Peters verkniff sich die passende Bemerkung, allerdings wirkte sein Lächeln etwas übertrieben, aber es versteinerte grad eh auf seinem Gesicht.

Er warf die Akte Yobaz auf ihren Schreibtisch. »Steht alles da drin. Ich brauche eine Genehmigung für eine mehrwöchige Observation und Telefonüberwachung.«

Anneliese Eggers ließ ihn nicht aus den Augen und schenkte der Akte keinen Blick.

»Das fällt nicht in meinen Zuständigkeitsbereich«, erwiderte sie eisig. »Wenn das alles war … ich habe gleich die nächste Verhandlung und keine

Zeit für … was auch immer.«

Peters seufzte und ließ das mit dem Lächeln, das sie ihm ohnehin nicht abkaufte.

»Also schön. Ich frage dich um der alten Zeiten willen – hilf mir! Ich möchte den letzten Fall meiner Laufbahn mit einem Erfolg abschneiden. Wirf wenigstens einen Blick in die Akte – bitte …«

Das letzte Wort kostete ihn die meiste Mühe.

Sie musterte ihn mit hochgezogener Augenbraue. »Hast du gerade bitte gesagt?«

Dann seufzte sie übertrieben, doch Peters sah das kleine Lächeln, das sie versuchte, zu unterdrücken.

»Also gut … wenn es dir so wichtig ist, schau ich mal rein.« Sie legte die Akte auf einen Stapel anderer neben sich. »Ich melde mich die Tage.«

»Was?«, entfuhr es Peters und er sprang auf. »Ich brauche den sofort!«

»Und ich soll wie immer springen, ja?«, erwiderte sie kühl und stand ebenfalls auf. »Wie früher … du schneist hier rein, wann es dir passt, aber wenn ich – «

»Das hat doch damit überhaupt nichts zu tun!«, fiel er ihr verärgert ins Wort. »Das zwischen uns damals ist doch schon lange aus und vorbei!«

»Ja«, erwiderte sie eisig. »Seit dem Tag, an dem deine Frau die Scheidung verlangt hat. An dem Tag hast du mich fallengelassen.«

Diesmal spürte Peters, wie ihm die Röte ins Gesicht schoss. Vor Scham.

Sie hatte ja recht. Leider. Er hatte sich auf diese

dumme Affäre damals mit ihr eingelassen und es mit seiner Ehe eingebüßt.

Magda hatte sofort die Scheidung eingereicht, als sie von dem Seitensprung erfuhr, ihn nicht mal zu Wort kommen lassen. Seine Mutter hatte ihm die Leviten gelesen und sich postwendend auf ihre Seite gestellt. Beide hatten ihn verlassen. Seitdem war er mit dem Thema Frauen durch.

Annelieses Anblick ließ die alten Gefühle allen dreien gegenüber wieder hochkommen. Etwas, das er tunlichst zu vermeiden suchte.

»Und wenn schon«, ranzte er aufgebracht zurück. »Das ist über fünfzehn Jahre her!«

Sie schenkte ihm einen langen Blick, dann reichte sie ihm die Akte über den Schreibtisch hinweg zurück. »Ich verstehe. Tut mir leid, aber ich kann dir nicht helfen.«

Peters war kurz vorm Platzen. Das war so typisch für sie! Immer hatte sie ihn unter Druck gesetzt.

Sie war es doch gewesen, die sich während der Weihnachtsfeier an ihn rangeschmissen hatte!

Damals war sie noch Richterin auf Probe gewesen und ihre anschließende Affäre hätte für ihre Entlassung aus dem Amt sorgen können. Schließlich war dafür nicht einmal ein besonderer Grund erforderlich gewesen, ein schlechter Ruf hätte durchaus gereicht. Er war immerhin ein verheirateter Mann gewesen und aus diesem Grund hatte er die Beziehung danach verheimlicht.

Zugegeben, es hatte noch andere Gründe gegeben.

Es war das Besondere, das Aufregende, das Geheimnisvolle gewesen, das sie verbunden hatte. Obwohl sie beide auf Seiten des Rechts standen, etwas Verbotenes zu tun.

Es war gut zwischen ihnen gelaufen – bis sie mehr gewollt und seine Frau von ihnen erfahren hatte.

Peters hatte nie herausgefunden, woher Magda es gewusst hatte. Vermutlich hatte Anneliese selbst es ihr gesteckt.

»Na schön«, sagte Peters zähneknirschend, »dann frag ich eben deinen Mann und richte ihm einen schönen Gruß von dir aus.«

Richter Arne Eggers, der Korinthenkacker, arbeitete ebenfalls im Hause und, soweit es Peters wusste, hatte er nie von der früheren Beziehung seiner Frau zu Peters erfahren. Vermutlich würde er sie ganz und gar nicht gutheißen, auch wenn sie zu dem Zeitpunkt noch nicht mit ihm liiert gewesen war.

Anneliese wurde bleich und zog die Hand mit der Akte zurück. »Du erpresst mich?«, flüsterte sie.

»Kein gutes Gefühl, wenn die Ehe auf dem Spiel steht, oder?«, setzte Peters nach und stellte endlich die Frage, die ihn seit fünfzehn Jahren quälte: »Wie hat Magda von uns erfahren?«

Seine ehemalige Geliebte mied seinen Blick und schwieg, aber ihre Hände zitterten, als sie sich wieder setzte und die Akte aufschlug. Das war ihm Schuldanerkenntnis genug.

Er atmete tief durch und schluckte alle Vorwürfe

hinunter. Am liebsten hätte er sie angebrüllt, doch was hätte das gebracht? Das zwischen ihnen war lange vorbei, seine Frau längst tot und begraben.

Was er wollte, war die Genehmigung, um Korkmaz überführen zu können, und mit einem großen Knall, nicht mit einem ungelösten Fall in den Ruhestand zu gehen. Und diese Genehmigung würde sie ihm verdammt nochmal geben!

Er ließ sich wieder in den Stuhl sinken und wartete ungeduldig, bis sie die Akte studiert hatte und schließlich zuschlug.

»Diese TÜ-Überwachung werde ich genehmigen. Allerdings ...«, sagte sie so ruhig, als wäre nichts zwischen ihnen vorgefallen. Sie blätterte erneut durch die Akte und wurde auf einer Seite fündig. »Alle anderen Verdachtsmomente reichen für eine mehrwöchige Observation in keinem Fall aus. Tut mir leid. Nur auf dein Bauchgefühl hin ... wir wissen ja, wie es bei dir mit Gefühlen aussieht ...«

Sie sah hoch und die Kälte in ihrem Blick erschreckte ihn. »Die waren ja noch nie dein Ding.«

Peters kämpfte mit seiner Beherrschung und stand langsam auf. Er war nicht halb so zufrieden, wie er sich gab. Und der letzte Vorwurf hatte gesessen.

»In Ordnung. Ich warte draußen.« Er ging zur Tür und öffnete sie. Zögerte, blickte sich aber nicht mehr um, als er ein leises »Danke« brummte.

Biomundo

Peters hatte kaum und schlecht geschlafen und ein lausiges Wochenende hinter sich, dennoch war er früh am Montag im Büro und las in der Zeitung, als Annika Hansen ihren Dienst antrat.

»Moin.« Für ihren Gruß erntete sie nur ein unbestimmtes Brummen. »Oh, oh …«, murmelte sie und setzte Kaffee auf.

Peters entging es nicht, eine harsche Antwort über die Einmischung in sein Gefühlsleben war es ihm aber auch nicht wert.

Als hätte er es nicht gehört, blätterte er die Zeitung um und konzentrierte sich auf den Fall. »Was rausgefunden?«

»Leider nein«, erwiderte sie mit einem Kopfschütteln und fuhr den Laptop hoch. »Die drei haben noch zusammen gegessen, aber ich kam nicht dicht genug heran, um etwas zu hören. Immerhin kennen Korkmaz und die Müller mich ja. Ich habe ein paar Fotos von dem Freund der Müller gemacht. Vielleicht ergibt sich da eine Verbindung zu Yobaz.«

Peters schüttelte den Kopf und warf die Zeitung auf den Tisch. »Nein. Korkmaz ist unser Mann! Darauf verwette ich meine Pension!«

»Na ja, ich kann Geld immer gebrauchen, aber allein deshalb will ich Ihnen nicht widersprechen«, meinte die Hansen zwinkernd, füllte zwei Becher und stellte Peters seinen Kaffee auf den Tisch. »Ich denke auch, Korkmaz hängt da tiefer drin, als er zugibt. Nur finde ich kein Motiv … es sei denn …«

Peters blickte zu ihr hoch. Sie stand wie angewurzelt neben seinem Stuhl mit Blick auf die Zeitung.

Er folgte ihren Augen zu einem Artikel über einen neuen Bio-Online-Händler mit Sitz in Bremen, dessen sozialfreundliche Spendierlaune in den höchsten Tönen gelobt wurde.

»Es sei denn was?«, ranzte Peters ungeduldig.

Sie erwachte aus ihrer Trance, schnappte sich ungefragt die Zeitung und ließ sich auf ihrem Stuhl nieder. »Es sei denn, es geht weniger um eine private Rechnung als um eine geschäftliche.«

»Hä?« Peters verstand kein Wort.

»Nun ja«, erklärte die Hansen eifrig. »Wir haben doch bisher ein privates Motiv vermutet, einfach gesagt, Rache. Aber was ist, wenn da jemand was inszeniert hat, um Osman Yobaz aus dem Geschäft zu drängen?«

Sie tippte auf den Artikel.

Peters runzelte die Stirn. »Der Name des Ladens dort lautet *Biomundo*, Inhaber Dennis Lorenz«, las er laut vor. »Der ist bisher in keinem einzigen Zusammenhang mit Yobaz oder Korkmaz gefallen, soweit ich mich erinnere. Wie wollen Sie da eine Verbindung ziehen?«

»Und wenn das ein Strohmann ist und dahinter jemand steckt, den wir kennen?«

»Pah!«, schnaubte Peters mit verschränkten

Armen. »Viel zu weit hergeholt!«

»Mag sein«, gab sie zu. »Aber beim letzten Mal hatte ich auch recht.«

Er wollte aufbrausen, jedoch stimmte, was sie sagte. »Also schön. Was habe ich auch für eine Alternative? Finden Sie es raus! Ich kümmere mich unterdessen um Korkmaz' Telefonate, vielleicht nimmt er ja mit diesem Lorenz Kontakt auf.«

»Und die Observation?«

»Hab keine Genehmigung bekommen«, murrte Peters.

Die Hansen nickte nur verstehend und war dem Inhaber des neuen Online Handels schon auf der Spur, noch bevor Peters seinen Kaffee ausgetrunken und den zurückgeforderten Sportteil ausgelesen hatte.

»Ich hab's!«, rief sie kaum eine Viertelstunde später zufrieden aus und lehnte sich mit ver- schränkten Armen und einem breiten Grinsen in ihren Stuhl zurück.

»Was?«, fragte Hauptkommissar Peters gedankenverloren aus dem Studium der Fußball- ergebnisse des letzten Wochenendes heraus.

»Die Verbindung zu Korkmaz. Er ist der Eigentümer der Domain, also der Webseite. Heißt, er hat seine Finger mit im Spiel. Nun müssen wir nur noch rausfinden, wie tief.«

Die Zeitung flog beiseite.

»Na endlich!«, wetterte Peters, doch sichtlich zufrieden. »Dann knöpfen wir uns diesen Typen nochmal vor. Aber diesmal richtig! Das kann alles kein Zufall sein.«

***

Peters verfasste die Vorladung selbst, ohne seinen Chef um Erlaubnis zu fragen. Die Zeiten, wie ein Kleinkind nach Süßigkeiten zu betteln, waren vorbei, hatte er beschlossen. Denn wenn Korkmaz nicht dahintersteckte, hatten sie nichts. Und nichts bedeutete ohnehin, wie ein geprügelter Hund in den Ruhestand gehen zu müssen, da kam es nicht drauf an, ob der General versuchen würde, die Leine noch mal anzuziehen. Das Würgehalsband schnürte ihm eh schon die Luft zum Atmen ab.

Auch wenn die Chance bestand, dass Korkmaz auf seine einfache Vorladung nicht reagieren würde. Schließlich bestand keine rechtliche Verpflichtung, einer polizeilichen Vorladung nachzukommen, einer richterlichen hingegen schon. Aber vielleicht wusste der Verdächtige das nicht oder würde das Risiko nicht eingehen.

So oder so, Peters beauftragte seine Kollegin, die Vorladung für den übernächsten Tag, Mittwoch, 9:00 Uhr, sofort durch Einwurf in den Hausbriefkasten zuzustellen, was sie auch bereitwillig in Angriff nahm.

Danach widmeten sie sich der Liste einiger Fangfragen, die sie Korkmaz zu stellen gedachten. Es wäre doch gelacht, wenn Peters mit seiner langjährigen Erfahrung nicht in der Lage wäre, den Verdächtigen in die Enge zu treiben.

Seine gute Laune kehrte zurück. Die Chancen, mit einem gelösten Fall zu gehen, standen gar nicht mal so schlecht, seiner Meinung nach.

Verdächtige Abfuhr

Am Mittwochmorgen war das Vernehmungszimmer vorbereitet, das Aufzeichnungsgerät startklar und frischer Kaffee gekocht.

Es war 8:59 Uhr und totenstill im Raum. Jeden Moment musste das Telefon klingeln und der Empfang die Anwesenheit der geladenen Person verkünden.

Gemeinsam starrten Peters und die Hansen auf den tickenden Zeiger der Uhr. Je häufiger er seine Runden drehte, desto lauter lachte er die beiden aus.

Sieben Minuten später verließ Peters bereits die Geduld. Mit einem Sprung fuhr er von seinem Stuhl hoch, sodass dieser krachend gegen die Wand stieß.

»Verdammte Scheiße«, brummte er lautstark vor sich hin.

Die Hansen schenkte ihm frischen Kaffee nach. Als wenn ihn das beruhigen würde!

»Der hat uns eiskalt versetzt.« Peters tigerte nervös durch den Raum.

»Vielleicht hat er sich auch nur verspätet«, meinte das junge Ding und griff zu ihrem Smartphone. »Ich rufe ihn mal an.«

Peters schnaubte. So naiv konnte auch nur sie sein. Es fehlte ihr eindeutig an Erfahrung.

Nein, Korkmaz war zu keiner freiwilligen Mitarbeit bereit. Was ihn zwar nur noch verdächtiger machte, aber immer noch keinen ausreichenden

Grund für eine Verhaftung lieferte.

»Er geht nicht ran.«

Nichts anderes hatte Peters erwartet.

»Also schön«, überlegte er laut. »Dann holen wir uns die Informationen eben auf anderem Weg.«

»Und wie?«, fragte die Hansen.

Peters war schon an der Tür. »Schnappen Sie sich Ihr Zeug. Wir fahren zu Yobaz. Mal sehen, ob er gesprächiger wird, wenn er von seinem neuen Konkurrenten erfährt.«

Trügerische Verschwiegenheit

Monika van Hijk öffnete ihnen die Tür. Überraschung stand in ihren Augen, ihr Gesicht wirkte müde und abgespannt.

»Was wollen Sie?«, fragte sie gereizt. »Können Sie uns nicht einfach in Ruhe lassen?«

»Können könnte ich schon«, meinte Peters lapidar, »aber ich will nicht. Ich will Herrn Yobaz sprechen. Sofort.«

Laut stöhnte die Lebensgefährtin auf, schüttelte dann jedoch den Kopf und wies mit der Hand zum Wohnzimmer. »Den Weg kennen Sie ja noch, oder?«

Die Hansen dankte ihr freundlich, während Peters schon auf dem Weg war.

Orientalische Musik in ohrenmalträtierender Lautstärke scholl ihnen entgegen. Osman Yobaz lag auf einem der riesigen Sofas, einen Berg Kissen in seinem Rücken, und sah fern.

Die Blessuren in seinem Gesicht hatten ein wenig an Farbe verloren, das angeschossene Bein war noch geschient und der blauweiße Trainingsanzug zeugte von dem gleichen schlechten Geschmack wie seine sonstigen Anzüge. Natürlich durfte das Goldkettchen um den Hals selbst in diesem Zustand nicht fehlen.

Bei Peters Anblick fluchte Yobaz. Leider nicht auf Deutsch und leiser als das TV-Gerät, sodass auch Annika Hansen nichts verstehen konnte.

»Herr Yobaz«, grüßte Peters mit einem breiten Grinsen und steckte die Hände in die Jackentaschen.

»Was wollt ihr denn schon wieder?«, kam es genervt zurück.

»Könnten Sie den Lärm etwas leiser drehen?«, verlangte Peters statt einer Erklärung mit kurzem Blick auf den Bildschirm.

Missmutig griff Yobaz zu der Fernbedienung und stellte den überdimensionalen Kasten aus.

»Also? Was soll ich diesmal getan haben?«

Peters zuckte lapidar mit den Schultern. »Keine Anklage. Eher habe ich Informationen für Sie. Vielleicht haben Sie ja auch welche für mich?«

»Aha«, meinte Yobaz mit gekrauster Stirn und erhob sich mühsam mit einer Krücke und verzichtete harsch auf die Hilfe seiner Lebensgefährtin, die beflissen an seine Seite geeilt war. »Lass das, ich schaff das allein! Mach mal Kaffee.«

Sie ließ resigniert die Hände fallen, drehte sich kopfschüttelnd um und schlich wortlos aus dem Raum.

Yobaz schleppte sich zum großen Esstisch und deutete auf die Stühle drumherum. Den Umgang mit der Krücke war er nicht gewohnt, vermutlich schlief er auch auf dem Sofa und ließ sich Tag und Nacht von seiner Lebensgefährtin bedienen.

Peters verkniff sich bei dem unbeholfenen Gehinke ein Grinsen, fing sich jedoch trotzdem einen vorwurfsvollen Blick der Hansen ein. Konnte die etwa neuerdings Gedanken lesen?

Er wartete, bis sich Yobaz auf einen Stuhl hatte fallen lassen, und setzte sich gegenüber. Die Hansen nahm an der Stirnseite Platz, wohl damit sie beide Männer im Auge hatte, und legte ihr Schreibzeug bereit.

»Mesut Korkmaz«, fragte Peters geradeheraus. »Sagt Ihnen der Name etwas?«

Misstrauisch blickte Yobaz ihn an. Entgegen seiner sonstigen cholerischen Art wirkte er seltsam überlegt.

Peters innere Alarmglocken schrillten lauter als das TV-Gerät gerade noch. Untypisches Verhalten war immer verdächtig.

»Ja«, brachte Yobaz schließlich heraus. »Ich kenne ihn. Warum wollt ihr das wissen?«

»Woher?«, hakte Peters ungeduldig nach.

»Er hat mal für mich gearbeitet.«

»Und?«

»Und was?«

»Warum wurde er gekündigt?«, fragte Peters und erblickte nicht verwundernd, wie Yobaz sichtbar um Beherrschung kämpft. Bandwürmer aus verstopften Nasen zu ziehen, gehörte nicht gerade zu seinen Lieblingsbeschäftigungen.

»Das hat einfach nicht gepasst«, erklärte Yobaz nach scheinbar endlos dauerndem Schweigen. »Er machte nicht, was ich von ihm verlangte.«

Peters hätte sein Gegenüber am liebsten am Kragen gepackt, trommelte stattdessen aber nur mit den Fingern auf der glänzend lackierten Tischplatte.

»Und was haben Sie von ihm verlangt?«, brachte er mühsam beherrscht hervor.

Yobaz suchte nach einer bequemeren Sitzposition, aber Peters war sich sicher, er wollte nur Zeit schinden. Das konnte nur bedeuten, er war auf der richtigen Spur. Und das brachte Peters ein wenig innere Ruhe zurück. Aber nur ein wenig.

»Er sollte die Logistik und den Vertrieb unterstützen, aber er trödelte nur herum und kümmerte sich stattdessen um Sachen, die ihn nichts angingen.«

Peters atmete tief durch. »Und welche Sachen gingen ihn nichts an?«

Yobaz schnaubte. »Irgendwas mit dem Lagersystem. Er wollte das komplett umstrukturieren. Ohne mich zu fragen, und so was kann ich nicht akzeptieren. Also habe ich ihn wieder nachhause geschickt. Dabei hätte er dankbar sein sollen, den Job zu haben. Danach war er arbeitslos, das ist doch auch ein Grund, glücklich zu sein.«

»Hm«, meinte Peters angesichts dieser verqueren Logik. »Kannten Sie Mesut Korkmaz schon vor seiner Tätigkeit in Ihrem Unternehmen?«

Ein überraschter Blick traf ihn. »Ja«, kam es schließlich zögernd. »Ich war mit seinem ältesten Bruder befreundet und kenne die Familie.«

Peters nickte. Das hatte auch Korkmaz behauptet. Vielleicht stimmten dann auch dessen weitere Anschuldigungen und er konnte nicht nur Korkmaz, sondern auch Yobaz was nachweisen. Allerdings lagen die Vorwürfe tatsächlich zu weit in der Vergangenheit zurück und halfen im laufenden Fall wohl auch nicht weiter.

»Und trotzdem haben Sie ihm gekündigt. Haben Sie jetzt noch Kontakt zu ihm?«

Yobaz öffnete den Mund und füllte diesen mit einigen Erdnüssen, ohne den Anstand zu besitzen, mit geschlossenem Mund zu essen, sagte aber nichts.

Monika van Hijk stand mit einem Tablett Kaffee am Tisch und wechselte einen auffordernden Blick mit ihrem Lebensgefährten. Doch der schnaubte nur und verschränkte die Arme vor der Brust. Sie schüttelte den Kopf, was ihre neueste Lieblingsbeschäftigung zu sein schien, und servierte den Kaffee.

Peters ließ sie nicht aus den Augen.

»Können Sie uns vielleicht etwas über Mesut Korkmaz erzählen, Frau van Hijk?«, fragte er freundlich und bat sie, sich zu setzen.

»Sie hat nichts damit zu tun!«, herrschte Yobaz ihn daraufhin an, bevor die van Hijk was sagen oder Platz nehmen konnte.

Peters zog eine Schnute. »Oh, aber sicher doch. Sie arbeitet schließlich ebenfalls für Sie. Ich denke schon, dass Frau van Hijks Einblicke durchaus Licht in die Angelegenheit bringen könnten.«

»Ich …«, setzte diese an und sich hin und warf Osman einen scheuen Blick zu.

»Sakin konusma!«

Peters warf der Hansen einen fragenden Blick zu.

»Er verbietet ihr, etwas zu sagen«, übersetzte diese bereitwillig.

»Nun, Herr Yobaz«, meinte Peters gelassen, »das Recht haben Sie aber nicht. Frau van Hijk? Ich denke, Sie können uns eine Menge erzählen. Immerhin stehen noch ein paar Erklärungen zu dem Drogen- und Waffenbesitz aus. Auch wenn Herr Yobaz derzeit auf freiem Fuß ist. Schießen Sie los, Frau van Hijk!«

Ihm entging nicht das leichte Zusammenzucken Yobaz' bei seinen letzten Worten.

»Wir sagen gar nichts mehr ohne meinen Anwalt!«, schnauzte Yobaz.

»Nun«, setzte Peters nach, »dann werden wir den Fall wohl doch der Presse übergeben müssen, wenn die laufenden Ermittlungen soweit abgeschlossen sind. Die Öffentlichkeit hat ja ein Recht darauf. Allerdings befürchte ich, es ist nicht grad geschäftsfördernd, wenn Ihr Firmenname in der Zeitung mit Drogen und Waffen in Verbindung gebracht wird.«

Yobaz schwieg stur.

»Ach, verdammt, Osman!«, schimpfte seine Lebensgefährtin da plötzlich los. »Das bringt doch nichts. Die werden dir das noch mit dem Zeug anhängen, auch wenn du nichts damit zu tun hast. Schau dich doch mal an. Was muss denn noch passieren, damit du den Mund aufmachst? Sag ihm doch endlich, dass Mesut dich erpresst!«

Bingo! Das passte! Peters war ganz Ohr. »Herr

Yobaz?«

Doch dieser schwieg beharrlich.

»Womit erpresst Mesut Korkmaz Sie?«, hakte er noch einmal nach. »Ich sage es mal frei heraus. Sie haben jetzt und hier die Möglichkeit, reinen Tisch zu machen und sich eventuell von einigen Anklagepunkten gegen Sie zu befreien. Aber nur, wenn Sie uns die Wahrheit sagen. Wenn Sie weiterhin behaupten wollen, Drogen und Waffen wären Ihnen nur untergeschoben worden, dann liefern Sie mir einen Grund, Ihnen das zu glauben! Ansonsten werden Sie sich dafür zur Verantwortung ziehen lassen müssen, ganz egal, wieso diese Dinge in Ihrem Besitz waren, selbst wenn Sie erpresst wurden. Man könnte Ihnen auch unterstellen, die Waffe aus genau diesem Grund angeschafft zu haben, und der Handel mit Heroin liefert, nebenbei gesagt, einen guten Erpressungsgrund.«

»Nun sag es Ihnen doch schon, Osman«, bat Monika van Hijk eindringlich und legte ihre Hand auf seine. Er atmete tief durch und verschränkte seine Finger mit ihren.

»Okay«, gab er nach. »Die Sache ist sowieso schon vorbei.«

Er zögerte erneut, doch nach einem auffordernden Blick seiner Lebensgefährtin riss er sich zusammen und erzählte. »Meine Firma war mal in einen Bio-Skandal verwickelt, Aber ich hatte damit nichts zu tun!«

Was Peters ihm keine Sekunde glaubte.

»Korkmaz hat mir im Krankenhaus ein Video mit erneuten Anschuldigungen gezeigt, das er veröffentlichen will, wenn ich seine Forderungen nicht erfülle.«

»Und was will er?«, fragte Peters interessiert. Mit dieser Aussage hatte er endlich was gegen Korkmaz in der Hand!

»Geld«, schnaubte Yobaz. »Was denn sonst?«

»Und wie viel?«, hakte Peters nach.

Doch Yobaz blieb schweigsam.

»Herr Kommissar«, brach die van Hijk schließlich das Schweigen. »Mesut droht damit, das Video ins Internet zu stellen, der Presse zu übergeben und unsere Kunden aufzufordern, uns zu boykottieren. Wir haben in den letzten Monaten sehr viel Geld in die Firma gesteckt, damit wir schneller wachsen. Das Video würde uns kaputt machen.«

Sie atmete tief durch. »Außerdem hat er Osman eine Pistole in den Mund geschoben. Im Krankenhaus. Und gedroht, beim nächsten Mal abzudrücken, wenn er kein Geld bekommt.«

Yobaz nickte nicht einmal mit dem Kopf, auch nicht auf das Drängen seiner Lebensgefährtin hin, aber er widersprach auch nicht, was Peters als Zustimmung deutete.

»Na also, da haben wir ja was!«, freute er sich und stand auf. »Dann wollen wir mal …«

***

Auf der Fahrt zurück zum Präsidium sank Peters gute Laune jedoch gleich wieder.

»Was ist los?«, fragte die Hansen, die jeden, aber wohl auch wirklich jeden Stimmungsumschwung von ihm mitbekam.

»Wir brauchen einen Haftbefehl«, gab er seine Sorgen schließlich zu.

»Und Sie glauben, Sie bekommen keinen?«

Peters stöhnte laut auf. »Das muss ich über den Holt machen und der verlangt mit Sicherheit eine schriftliche Aussage von Yobaz.«

Die Hansen runzelte die Stirn. »Wieso? Der Fall ist doch klar. Wir sind von Amtswegen verpflichtet, der Sache nachzugehen.«

»Ja, sofern der Chef einem glaubt …«

»Ah!« Sie nickte verstehend. »Ihrer wird Ihnen nicht glauben. Soll ich mit ihm reden?«

»So weit kommt das noch!«, schnaubte Peters.

Schweigend setzten sie die Fahrt fort.

Als Peters auf dem Parkplatz vor dem Präsidium einschwenkte, meinte die Hansen: »Ich hab eine Idee.«

»Und welche? Fälschen wir den Haftbefehl?«

Sie lachte herzhaft. »Nein, viel besser.« Verschwörerisch zwinkerte sie ihm zu. »Ich red mit meinem Chef beim LKA. Ein SEK-Einsatz fällt eh in unseren Zuständigkeitsbereich.«

Peters starrte sie einen Moment lang an, dann lachte er aus vollem Herzen. Mit dem jungen Ding an seiner Seite hatte er wirklich mal Glück. Nicht zu fassen.

***

Bereits am Nachmittag gab es noch eine Krisensitzung im Revier. Peters, Hansen und Troisen, der Einsatzleiter des SEK-Kommandos. Allerdings hatte Peters, trotz Zustimmung des Landeskriminalamtes, seine Schwierigkeiten, den Mann von der Dringlichkeit des Einsatzes zu überzeugen.

Schließlich konnte die Hansen vermitteln und ein Zugriff für den nächsten Morgen wurde geplant.

Schon wieder schuldete er der jungen Kollegin etwas. Das wurde ja bereits zur Gewohnheit!

Während die Kollegen vom SEK das Gelände um Mesut Korkmaz' Wohnung sondierten, recherchierte die Hansen im Internet nach Vorwürfen gegen Osman Yobaz und seiner Bio-Firma.

Peters nahm sich unterdessen das Archiv vor. Auch wenn die Chancen nach 30 Jahren schlecht standen, vielleicht fand er noch eine Spur zu dem Skandal, den Yobaz erwähnt hatte. Und wenn er noch mehr Glück hatte, auch zu den neuerlichen Anschuldigungen, die seine Lebensgefährtin so beiläufig erwähnt hatte.

In der Falle

Donnerstag, 5:58 Uhr.

In sicherem Abstand – und um den SEK-Leuten nicht in die Quere zu kommen - hatte Annika Hansen den zivilen Dienstwagen auf dem Seitenstreifen, nahe Mesut Korkmaz' Wohnung geparkt.

Von hier aus hatten sie eine gute Sicht auf den geplanten Zugriff, waren aber dennoch außer Reichweite bei einem eventuellen Schusswechsel. Schließlich galt Korkmaz ab sofort als bewaffnet und gefährlich.

Ein Kombi, eine Limousine und ein Transporter parkten nahe der Haustür, auf der anderen Straßenseite und in Fahrtrichtung ein Stück voraus.

Zwischen den mit Kindersitzen, Aufklebern und Bassanlagen bestückten anderen, teils altersschwachen Fahrzeugen der Nachbarn wirkten die verdunkelten Fensterscheiben der SEK-Fahrzeuge jedoch ein wenig verräterisch.

Man wartete.

Annika Hansen versorgte ihren Partner aus einer Thermoskanne mit heißem Kaffee.

Peters wippte unruhig mit dem Fuß. Ausnahmsweise weniger aus Ärger, denn aus gespannter, freudiger Erwartung. Wie gern würde er sich den Kerl persönlich schnappen!

Aber Vorschriften bei Verdacht auf Schusswaffengebrauch waren eben Vorschriften und manche musste sogar er befolgen.

7:10 Uhr.

Ein Gespräch wollte nicht so recht aufkommen und der Verdächtige nicht aus der Wohnung.

Eine Stürmung hatte der Leiter des SEK-Einsatzkommandos rigoros abgelehnt, schließlich hielten sich Mesuts Frau und das gemeinsame, zweijährige Kind ebenfalls in der Wohnung auf und weitere fünf Parteien bewohnten das Haus. Unschuldige wollte man nicht grundlos in Gefahr bringen.

Um 7:52 Uhr wurde das Warten für Peters zur Zerreißprobe. Er hatte das Gefühl, eher seinen Rentenbescheid in Händen zu halten, denn Korkmaz im Vernehmungszimmer zu sehen.

Unverständliches Zeugs vor sich hinmurmelnd – außerdem drückte die Blase von zu viel Kaffee, die Hansen hatte doch glatt noch eine zweite Thermoskanne dabei -, rutschte er auf dem Sitz hin und her.

Dann endlich – 8:01 Uhr. Mesut Korkmaz verließ das Haus.

Peters fluchte lautstark. Der Verdächtige hatte ein Kleinkind auf dem Arm, vermutlich den Sohn.

Über Funk teilte der Einsatzleiter ihnen mit, sie würden warten, bis das Kind außer Reichweite wäre.

Selbst Holger Peters wollte keine Schießerei riskieren, in der ein Kind hätte zu Schaden kommen können. Nicht nur in Hinblick auf seinen Abschied. Auch für ihn gab es Grenzen.

Was er der Hansen jedoch nicht auf die Nase band

und sich weiterhin mürrisch wegen der Verzögerung gab.

Mesut Korkmaz ging mit dem Kind unterdessen zu einem dunkelblauen BMW, schnallte es im Kindersitz auf der Rückbank an und setzte sich hinters Steuer.

So unauffällig wie möglich folgten ihm zunächst die Fahrzeuge des SEKs, dann die Hansen.

Ein paar Straßen weiter endete die Fahrt bereits wieder. Vor einer Kirche in einer Seitenstraße.

Korkmaz parkte sein Fahrzeug am Kreisel, stieg aus und holte das Kind aus dem Wagen.

Die SEKler drehten unterdessen eine extra Runde, während man sich über Funk über die weitere Vorgehensweise verständigte.

Der Kirche angeschlossen war ein Kindergarten. Glücklicherweise schien Korkmaz sich verspätet zu haben, außer einigen Passanten liefen keine weiteren Eltern mit Kindern auf der Straße oder dem Bürgersteig herum, sodass man beim Zugriff hoffentlich niemanden gefährden würde.

Man wollte warten, bis Korkmaz das Kind im Kindergarten abgeliefert hatte.

Peters rieb sich die feuchten Handflächen an der Hose trocken. Es kostete ihn alle Überwindung, im Wagen zu bleiben.

Ein Fahrzeug des SEK bezog nun Stellung auf der anderen Straßenseite. Das zweite versteckte sich nahe des Kindergartens auf einem mit Büschen bewachsenen Parkplatz. Das dritte parkte fast außer

Sichtweite auf der anderen Seite des Kreisels.

Wenige Minuten später verließ Korkmaz das Gebäude. Ohne Kind, dafür mit Smartphone in der Hand.

Kurz vor seinem Wagen stockte er und blickte sich um. Er schien zu spüren, dass etwas nicht stimmte. Sein Blick huschte über die Fahrzeuge mit den verdunkelten Scheiben.

Unsicher schritt er auf seinen Wagen zu, während er weiter auf dem Gerät herumtippte, und schien dabei die Umgebung zu überprüfen. Vermutlich hatte er eines der Fahrzeuge erkannt und wusste, was ihm drohte.

Verdammt!

»Zugriff!«, scholl die Stimme des Einsatzleiters aus dem Funkgerät.

Peters und Hansen machten sich bereit zum Aussteigen, während etwa zehn Mann in schussicheren Westen und voller Montur aus den drei Wagen strömten.

Korkmaz versuchte, in seinen BMW zu kommen, doch die Beamten waren schneller. Widerstandslos ließ er sich festnehmen.

»Na bitte«, meinte Peters zufrieden und lehnte sich zurück. Ein Grinsen zog über sein Gesicht. »Dann mal los zum Präsidium. Den will ich mir gleich mal vornehmen.«

In der Höhle der Löwen

»*Fick ihn – die haben mich!*« Laut las Peters den Text der SMS vor, die Korkmaz noch vor dem Zugriff hatte abschicken können. An eine Nummer, die nicht mehr erreichbar war. Vermutlich eine Prepaidkarte und die war samt Handy bereits gleich nach Eingang der Nachricht entsorgt worden, zumindest konnte der Empfänger nicht mehr geortet werden.

Mesut Korkmaz war, auf Peters Verlangen hin, mit Handschellen an den Vernehmungsstuhl gefesselt. Nicht weil Peters Angst vor einem Fluchtversuch oder Angriff hatte, sondern um dem Verdächtigen die Dringlichkeit seiner Verhaftung klar vor Augen zu führen.

Der Türke machte dennoch nicht den Eindruck, sehr gesprächig zu sein. Oder sich sehr schuldig – bei was auch immer – zu fühlen.

»Das soll heißen?«, gab er dem Türken noch eine Chance.

Der lachte nur kurz auf. »Steht doch da.«

»Nun«, meinte Peters lapidar, »ich nehme das jetzt mal nicht wörtlich.« Er setzte sich auf die Tischkante, verschränkte die Arme. »Ich denke eher, das bezieht sich auf die Veröffentlichung des Videos, mit dem Sie Osman Yobaz erpressen.«

Korkmaz wirkte für eine Sekunde überrascht, dann hatte er sich wieder gefangen. »Weiß zwar nichts von einem Video, aber wenn Sie meinen.«

»Kein Problem. Ich helfe Ihnen schon auf die Sprünge. Aber fangen wir doch ganz von vorne an und kommen wir zunächst mal auf Ihren Krankenhausbesuch zurück«, überlegte Holger Peters. »Das war kein Höflichkeitsbesuch, wie Sie uns weismachen wollten, oder?«

Korkmaz schwieg.

»Sie können jederzeit einen Anwalt hinzuziehen«, erinnerte die Hansen den Verdächtigen. Der hatte es bisher abgelehnt, sich juristischen Beistand zu holen. Warum auch immer.

Der Türke schüttelte den Kopf, doch sein Blick schien für einen Moment zu dem Zeitpunkt im Krankenhaus zurück zu schweifen.

Peters ließ ihm Zeit, sich zu erinnern …

***

Er feixte innerlich. Auf diesen Augenblick hatte Mesut lange gewartet.

Alles andere, die Prügel, der Schuss, waren nur leidiges Vorgeplänkel gewesen, um das hier in die Wege zu leiten. Um Yobaz Angst zu machen. Um diesen Moment seiner Rache zu genießen.

Mit freudestrahlendem Gesicht, ohne anzuklopfen, und als würde er seinen lang vermissten Lieblingsonkel endlich gefunden haben, platzte Mesut in das Krankenzimmer. In seiner Begleitung zwei gute Freunde, auf die stets Verlass war.

Einst war Osman tatsächlich so etwas wie ein Onkel für ihn gewesen. Ein guter Freund der Familie, immer gut gelaunt und in bester Spendierlaune. Zumindest war es Mesut als Kind so vorgekommen. Heute wusste er es besser. Nun würde Yobaz dafür büßen müssen, was er ihm angetan hatte.

»Osman!«, rief Mesut gespielt fröhlich und eilte an dessen Krankenbett.

»Mesut?«, fragte dieser irritiert. Von Freude über den Besuch keine Spur. Aber damit hatte Korkmaz auch nicht gerechnet. »Was willst du hier?«

»Sehen, wie es dir geht«, erwiderte Mesut und setzte sich auf die Bettkante, wobei der dem verletzten Bein einen *versehentlichen* Schubs gab, der Osman vor Schmerz aufstöhnen ließ.

»Ups, hab ich dir wehgetan? Das tut mir aber leid …«

Er nahm die sichtbaren Verletzungen in Augenschein und donnerte den Strauß Blumen dann auf Osmans gebrochene Rippe.

Dieser vergaß wohl die Antwort, die er gerade hatte geben wollen, und jaulte vor Schmerz auf.

»Kommen wir zur Sache«, meinte Korkmaz ungerührt und zückte sein Smartphone, suchte nach einer bestimmten Datei, während er Yobaz aus dem Augenwinkel heraus beobachtete.

»Steckst du etwa dahinter?«, brach es aus Osman hervor, nachdem er wieder zu Atem kam, sein Blick huschte ängstlich zu den beiden Begleitern, die sich links und rechts seines Bettes postiert hatten.

»Was meinst du?«, fragte Mesut freundlich. »Meinst du das hier?«

Er hielt Osman den Bildschirm seines Smartphones hin. Darauf lief ein Video.

Yobaz vergaß seine Angst und starrte auf das Handy. Das Video zeigte klar und deutlich seine Firma *Bio-Sun*, ihn und eine animierte Riesenameise, die etwa zwei Minuten lang Osmans Lebensgeschichte rezitierte.

Angefangen mit dem Skandal aus den Neunzigern, bis hin zu den heutigen, skandalösen Zuständen in seinem Betrieb und den vermeintlichen Bioprodukten. Gleichzeitig wurde zum Boykott der Firma und seiner Produkte aufgerufen.

»Wie kommst du an diese Informationen?«, rief Yobaz. »Du hast das aus meiner Firma geklaut, als ich dir einen Job gegeben habe! So dankst du es mir?«

Mesut zuckte die Schultern. Wut flammte in ihm hoch.

Er zog mit der rechten Hand eine Pistole aus der Jackeninnentasche und hielt sie Osman vors Gesicht, während dessen Gesicht mit einem Würgegriff am Hals fixiert wurde, anschließend schob Mesut die Waffe in Osmans Mund.

Er schüttelte den Kopf. »Wenn das Video im Internet veröffentlicht wird und die Presse einen vollständigen Bericht erhält, dann bist du endlich erledigt. Und solltest du auch nur dran denken, zu den Bullen zu gehen, dann ... Peng!« Er entsicherte die Pistole.

Osman nickte hastig, soweit es ihm mit dem kalten Eisen im Mund möglich war.

Korkmaz zog die Pistole zurück, wischte sie an der Bettdecke ab und steckte sie wieder in die Jackentasche. Dann stand er in aller Gemütsruhe auf und wandte sich zur Tür. »Gute Besserung, du Hurensohn.«

»Bekle!«[3], rief Yobaz ängstlich hinterher. »Was willst du? Ich geb dir, was du willst, du musst das Video löschen!«

Mesut drehte sich um, ging zurück zum Fußende des Bettes. Genau das hatte er hören wollen. »Wer sagt denn, dass ich dein Geld will? Du denkst auch, du kannst jeden mit Geld kaufen, oder? Vielleicht wird es Zeit, dass die Wahrheit über dich bekannt wird.«

»Brauchst du Geld?«, fragte Yobaz nervös. »Ich gebe dir Geld. Wie viel brauchst du?«

»Hm...« Mesut gab sich nachdenklich. »Wenn das ernst gemeint ist, mach mal ein Angebot, vielleicht überleg ich mir, ob das passt oder nicht. So wie die Begründung deiner Kündigung, erinnerst du dich noch? Meine Nummer hast du ja.«

»Warte doch!« Yobaz versuchte, sich im Bett aufzurichten, was ihm wohl wegen der Schmerzen nicht wirklich gelang.

---

[3] „Warte!"

Sofort stand Hassan Nidal, der ihm den Kiefer zusammengedrückt hatte, wieder neben ihm und hob drohend die Hand.

Osman sank zurück in das Kissen. »Ich geb dir Geld. Aber du musst mir garantieren, dass du das Video nicht verbreitest. Und du musst diese Journalistin zurückpfeifen!«

»Welche Journalistin und wieso denkst du in einer Position zu sein, mir Forderungen zu stellen?« erwiderte Mesut, bevor er das Zimmer verließ.

***

»Sie haben Yobaz dort das Video gezeigt und ihm Ihre Forderungen mitgeteilt«, vermutete Peters, der zu gerne gewusst hätte, was im Kopf des Türken vor sich ging. »Nun, ganz so unwissend, wie Sie glauben, sind wir nicht. Wir wissen, worum es in dem Video geht.«

»Ach ja?«, kam es amüsiert zurück. »Aha. Also ich nicht. Ich kenn kein Video.«

»Spontan würde mir da ein Skandal von vor dreißig Jahren einfallen …«

»Selbst wenn - wäre das nicht längst verjährt?«, meinte Korkmaz selbstbewusst. »Jeder kann über so was Altes reden, wie er will.«

»Nun, nicht ganz«, stellte die Hansen richtig. »Wenn jemand wider besseren Wissens einer Straftat bezichtigt wird, nennt man das Verleumdung. Und das ist strafbar, auch wenn die Beschuldigungen längst verjährt wären. Wenn Sie sein Geschäft damit schädigen, machen Sie sich ebenfalls strafbar, zumindest wegen übler Nachrede.«

Sie kramte in ihren Notizen nach einem Ausdruck. »Hier – das habe ich gestern im Internet gefunden: Den Artikel einer freiberuflichen Journalistin, die sich darauf beruft, Beweise aus erster Hand für einen weiteren Skandal zu haben, in den Osman Yobaz und sein Biohandel verwickelt sind. Woher könnte sie die nur haben?«

»Fragen Sie doch mal Ihre Kollegen.« Korkmaz grinste. »Während der Razzia haben die doch gesehen, wie es da zugeht. Kann jeder gewesen sein.«

»Nicht jeder hat so einen guten Grund wie Sie«, schoss Peters zurück. »Oder irre ich mich da etwa auch? Also, wer hat die Journalistin auf Yobaz angesetzt und mit Informationen versorgt? Sie?«

***

»Hier ist das Geld, Svenja.« Mesut schob ein paar Scheine seiner alten Bekannte zu. Eine freiberufliche Journalistin, die er noch aus seinen alten Zeiten als Türsteher kannte. »Dafür lieferst du mir ein erstklassiges Interview.«

Die Frau nahm die Geldscheine und zählte sie nach. Zufrieden grinste sie. »Und worum geht es?«

»Um einen Hund, mit dem ich noch ›ne offene Rechnung habe. Einzige Bedingung ist, dass du mich aus der Geschichte raushältst.«

Skeptisch beäugte Svenja ihn. »Ich kenn dich besser. Aber wenn du jemandem in die Suppe spucken willst, gut, ich helf dir. Der Preis stimmt.«

Mesut warf einen Aktendeckel auf den Tisch zwischen ihnen. »Hier hast du alle Informationen für ein gutes Interview. Du wirst zu ihm gehen, unter dem Vorwand, den Bekanntheitsgrad örtlich ansässiger Biohändler fördern zu wollen, du wirst dir sein Geplapper anhören und ihm am Ende diese Fragen stellen ...« Korkmaz öffnete den Deckel und tippte mit dem Finger auf die besagten Fragen am Ende einer Liste.

Svenjas Blick wurde mit jeder Zeile interessierter.

Schließlich nickte sie. »Gut, ich bin dabei. Das könnte tatsächlich was für eine gute Schlagzeile sein. Ich weiß auch schon, wem ich sie anbieten werde, und –«

»Nein!«, unterbrach Mesut kopfschüttelnd. »Du darfst vorerst kein Wort davon veröffentlichen. Du sollst zunächst nur im Internet streuen, dass es ein Interview gibt, das Yobaz zu Fall bringen kann.«

Die Journalistin schnaubte und ließ sich in ihren Stuhl zurückfallen. »Und was soll der Quatsch dann? Was habe ich davon, außer der Kohle? Ich will ja mal weiterkommen. Das wäre genau die richtige Geschichte dafür.«

»Du wirst schon noch zu deinem Ruhm kommen«, versprach Mesut und stand auf. »Aber erst, wenn ich es dir sage, veröffentlichst du es.

Verstanden? Keine Sekunde früher!«

Ein langer Blick wechselte zwischen den beiden. Mesut kannte Svenja und Svenja kannte Mesut.

Die Journalistin nickte schließlich.

***

Peters stand auf, wendete sich Korkmaz zu und stützte die Arme auf die Platte. »Herr Korkmaz – machen Sie sich und uns das Leben doch nicht so schwer. Wir haben genug Verdachtsmomente, um Sie wegen Erpressung anzuklagen.«

»Sie haben gar nichts!« Korkmaz zerrte an den Handschellen. »Hat sich das dann damit erledigt? Sind wir hier fertig?«

»Nicht so schnell, Herr Korkmaz.« Peters schüttelte den Kopf und ließ sich gemütlich auf einen Stuhl dem Verdächtigen gegenüber fallen. »Da wäre noch der Überfall auf Osman Yobaz.«

Korkmaz ahmte die Sitzhaltung nach. »Damit habe ich nichts zu tun«, meinte er betont ruhig.

»So?« Peters zuckte die Schultern. »Das sehe ich anders.«

»Wie Sie meinen. Das können Sie dann bestimmt beweisen, oder?«

***

Mesut kannte den Schwarzen nicht, der vor der Tür stand. Wohl aber das Nobeletablissement in

Hamburg, dessen Eingang dieser bewachte.

Korkmaz hatte während seines Studiums selbst lange Zeit diesen Job als Türsteher einer stadtbekannten Diskothek gemacht und noch immer die besten Kontakte, wenn es darum ging, Dinge zu besorgen, die auf dem normalen Markt nicht erhältlich waren.

Er fragte nach Mustafa. Das Muskelpaket an der Tür funkte seinen Chef an und ließ Mesut kurz darauf passieren.

Mesut kannte noch gut den Weg ins Hinterzimmer. Vorbei an alten Freunden, die sichtlich erfreut waren, ihn zu sehen.

Leichtbekleidete Mädchen kreuzten seinen Weg. Im Club herrschte Hochbetrieb.

Vor dem Büro am anderen Ende des Lokals angekommen, öffnete Mustafa die Tür.

»Mustafa!«, rief Mesut überschwänglich den Besitzer des Clubs und genauso begrüßten sich die Männer auch.

»Mesut! Lass dich anschauen! Lange nicht mehr gesehen«, freute sich Mustafa, ein kleiner, schlanker Mann mit Kahlkopf. Er sah freundlich aus, als könnte er keiner Fliege was zuleide tun. »Wie geht es dir?«

Mustafa zog die Stirn kraus, musterte Mesut. »Du hast abgenommen. Hast du Sorgen, mein Freund?«

»Kann man sagen«, gab Mesut zu.

»Setz dich, setz dich«, verlangte Mustafa und winkte dem Mann an der Tür. »Was möchtest du trinken?«

»Kaffee.«

Als das Gewünschte vor ihm stand, verlangte Mustafa: »So, und jetzt erzähl, ist was passiert?«

»Ich brauche eine Waffe.«

»Wofür?«

»Ich wurde grundlos gekündigt und gedemütigt. Von einem Freund, dem ich blind vertraut habe.«

»Hm«, meinte Mustafa nachdenklich. »Ich verstehe dich gut, mein Freund, aber auf ihn schießen, nur weil er dich gekündigt hat?«

Mesut wollte aufbrausen, doch Mustafa kam ihm zuvor und winkte beschwichtigend ab. »Was ist das für einer?«

Und Mesut erzählte die ganze Geschichte …

Als er geendet hatte, wiegte Mustafa den Kopf. »Hinterhältiger Bastard, jetzt kann ich dich verstehen. So ›ne Nutte hätte hier keine Chance zu überleben.«

Er atmete tief durch und beugte sich vor. »Also gut, ich mach dir einen Vorschlag: Ich schicke ein paar Leute bei dem Hundesohn vorbei, die ihm eine kleine Lektion erteilen.«

»Ich danke dir«, versicherte Mesut erleichtert, um sofort auf seine ursprüngliche Bitte zurückzukommen. »Aber dann brauche ich zwei Waffen. Eine saubere und eine benutzte. Das ist wichtig.«

»Wofür brauchst du jetzt selbst noch eine Waffe? Meine Jungs machen das schon.«

»Eine brauche ich zum Schutz. Die dreckige

werde ich Osman unterschieben und die Bullen darüber informieren.«

»Der Plan gefällt mir.« Lachend fiel Mustafa in Mesuts Grinsen ein.

»Wenn du noch einen Job brauchst, du weißt ja, meine Tür ist für dich immer geöffnet«, scherzte Mustafa, bevor die Details besprochen wurden.

***

Mesut Korkmaz schwieg stur, so hartnäckig Peters auch nachfragte.

Nein, Peters konnte ihm das bisher nicht beweisen, leider. Aber noch hatte er die Hoffnung nicht aufgegeben, irgendwo einen Ansatzpunkt zu finden, sodass sich eins zum anderen fügen würde.

»Gut, machen wir mit einer anderen Sache vorerst weiter. Reden wir über den Waffen- und Drogenfund in Yobaz Wagen, von denen Herr Yobaz behauptet, die wurden ihm untergeschoben«, hielt Peters ihm weiterhin vor.

»Wofür es auch Beweise gibt«, ergänzte die Hansen. »Wie haben Sie das gemacht, Herr Korkmaz, und wann?«

Korkmaz warf den beiden Beamten musternde Blicke zu, die ganz nach der Frage, wie viel sie wohl wussten, aussah. »Ich hab nix mit Drogen zu tun.«

»Das müssen Sie auch nicht zugeben«, meinte Peters trocken, »das werden wir Ihnen schon nachweisen.«

Lässig lehnte sich Korkmaz in seinem Stuhl zurück. Doch er wirkte angespannt. »Wie viele Vorwürfe wollen Sie mir noch machen? Die ganze Zeit nur Behauptungen und Null Beweise. Ist ›n bisschen dünn was ihr habt, müssen Sie zugeben, oder?«

Peters fluchte innerlich. Korkmaz hatte recht, es ihm nachzuweisen, war schwierig. Ein Geständnis hätte die Sache deutlich erleichtert, aber dazu schien Korkmaz in keiner Weise bereit zu sein, so sehr Peters auch bohrte.

Einzig im Fall des Videos ließ er eine gewisse Schuld erkennen. Vermutlich hoffte Korkmaz, durch sein Fast-Eingeständnis der Erpressung so davonzukommen. Vielleicht hoffte er auch auf ein mildes Urteil, da er seiner Meinung nach ja gute Gründe gehabt hatte.

Sein Grinsen schien darauf hinzudeuten …

***

Von den Drogen, die zu Mesuts Plan gehörten, wusste Mustafa nichts. Musste er auch nicht wissen. Dafür hatte Mesut andere Freunde.

Der eine brachte ihm eine Zeitung aus der Türkei mit, die nur dort erschien, ohne zu fragen, wofür. Jeder Insider, ob Händler oder Drogenfahnder, wusste, dass oft Zeitungen aus der Türkei benutzt wurden, um Drogen zu verpacken.

Ein anderer Freund besorgte ihm das Heroin.

Nun bedurfte es nur noch der Hilfe eines weiteren Freundes, eines früheren Kunden von Mesut, der bei einem Abschleppunternehmen arbeitete und wusste, wie man Osmans Karre mit dem entsprechenden Funkverstärker unbemerkt aufsperren konnte. Er versteckte das Päckchen und die Waffe und erhielt im Gegenzug besorgte Mesut etwas Kokain für die nächste Party.

Ein guter Deal, fand Mesut. Denn der Plan hatte ja funktioniert und niemand konnte ihm etwas nachweisen.

***

Aus Korkmaz war nichts mehr rauszuholen. Peters unterbrach das Verhör und Korkmaz blieb über Nacht in Untersuchungshaft.

Weiterhin verzichtete er auf einen Anwalt, was weder Peters noch die Hansen verstanden. Korkmaz hatte jedoch gemeint, er wäre unschuldig und das würde sich auch so klären.

Peters war da gänzlich anderer Meinung und ließ Korkmaz einen Tag schmoren, auch wenn er eigentlich keine Zeit zu verschenken hatte, wollte er den Fall noch vor seinem Abgang aufklären.

Dünne Beweislage

Inzwischen machte das Video im Netz die Runde und Peters und Hansen hatten es sich mehrfach interessiert angeschaut.

Viele der Vorwürfe stimmten mit ihrem Eindrücken überein, verglich man sie mit den Zuständen in der Produktionsstätte, die sie während der Razzia vorgefunden hatten.

Andere waren neu. Die Worte *handverlesene Nüsse* weckte regelrecht Ekel in der Hansen, als sie sahen, dass damit nur das Aussortieren des verschimmelten Ausschusses aus den gelieferten Waren gemeint war, nicht die Größe oder Qualität der Nüsse.

»Widerlich«, musste sogar Peters, den Bio sein Lebtag nicht interessiert hatte, einräumen. »Aber kommen wir zurück zu *unserer* harten Nuss.« Der Türke zeigte sich sturer als erwartet. »Bisher haben wir nichts gegen ihn in der Hand, als eine nicht fixierte Aussage über den Macher dieses Videos … verdammt!«

»Wir sollten es anders versuchen«, schlug die Hansen vor. »Sprechen wir mit ihm über sein Arbeitsverhältnis bei Yobaz.«

»Und warum?«, brummte Peters, der ihrem typisch weiblichen Gedankensprung mal wieder nicht folgen konnte.

Sie wiegte den Kopf und nippte an ihrem Kaffee. »Ich weiß nicht, ein Gefühl. Warum macht er Yobaz heimlich Konkurrenz? Warum will er ihn unbedingt vom Markt fegen? Das muss doch einen Grund haben.«

Peters schnaubte. »Bei den Zuständen dort müssten wir ihm wohl auch noch dankbar sein, oder wie?«

»Genau das meine ich«, stimmte die Hansen zu. »Überlegen Sie doch mal: Was haben wir an dem einen Tag dort gesehen? Was hat Korkmaz über Wochen über Yobaz und seinen Betrieb erfahren? Wohl deutlich mehr als wir. Er wird also noch mehr als nur dieses Video gegen Yobaz in der Hand haben.«

»Und damit kriegen wir ihn«, kapierte nun auch Peters. Er grinste. »Oder noch besser: beide.«

Mit Schwung stand er von seinem Stuhl auf und kam um den Schreibtisch herum. »Worauf warten wir dann noch?«

Die Hansen lachte und folgte ihm mit ihrem Schreibzeug zum Vernehmungszimmer.

***

»So, Herr Korkmaz, da wären wir wieder«, begrüßte Peters den Türken, als zwei Kollegen ihn ins Vernehmungszimmer brachten, und musterte ihn aufmerksam.

Der Mann sah unausgeschlafen aus, auch ein wenig nervös, gab sich aber betont lässig. Doch damit konnte er Peters nicht täuschen.

185

Der Aufenthalt im Gewahrsam der Polizei gefiel Korkmaz überhaupt nicht.

»Nun haben Sie einen kleinen Vorgeschmack bekommen, was es heißt, eingesperrt zu sein. Ich hoffe, Sie sind heute ein wenig kooperativer.«

Korkmaz schnaubte und ließ sich auf den ihm zugewiesenen Stuhl fallen. »Ich hab immer noch nichts mit euren Vorwürfen zu tun. Was ist mit meinem Sohn? Weiß meine Frau, wo ich bin? Wenn ihr meint, mit mir nochmal so ›ne Show abziehen zu können, dann ruf ich gleich einen Anwalt hinzu.«

Peters feixte innerlich. Wenn Korkmaz endlich einen Anwalt hinzuziehen wollte, wie es ja sein gutes Recht war, dann hieß es, er bekam langsam kalte Füße.

»Ihre Frau wurde umgehend informiert und wollte Ihren Sohn selbst vom Kindergarten abholen. Vermutlich wird sie das auch die restliche Kindergartenzeit machen müssen, denn was unsere Beweise betrifft ... hm, das sehen wir nach wie vor etwas anders als Sie.«

Unsicherheit flackerte in Korkmaz' Augen auf. Vermutlich fragte er sich, im Hinblick auf das Ende der letzten Vernehmung, wie Peters die Verbindung zu dem Überfall und dem Waffen- und Drogenbesitz gezogen hatte. Denn bisher hatten sie ihm nichts darüber erzählt.

Viel konnten sie auch nicht, denn das meiste waren Vermutungen. Nicht einmal richtige Indizien. Aber alleine diese wenigen Sekunden Unsicherheit zeigten Peters, dass Korkmaz dafür verantwortlich war.

Noch fehlte ihm natürlich der Beweis, aber vielleicht verplapperte er sich, wenn man ihm in anderer Hinsicht ein wenig entgegenkam. Indem man über ein Thema redete, über das Korkmaz sich bei jeder Gelegenheit gerne ausließ: sein Arbeitsverhältnis bei Yobaz.

Vielleicht war der Riecher seiner jungen Kollegin gar nicht so schlecht.

»Erzählen Sie uns mehr über Ihre Zeit bei *Bio-Sun*«, verlangte Peters.

»Und was genau wollen Sie wissen?«, fragte Korkmaz skeptisch. »Ich hab doch schon alles gesagt.«

»Vielleicht«, gab Peters zu. »Aber Herr Yobaz behauptet, Sie wären selbst für Ihre Kündigung verantwortlich, weil Sie sich um Dinge gekümmert haben, die Sie nichts angingen.«

»Was? Dieses fette Schwein …« Mesut Korkmaz' Gesicht verzog sich, als wollte er Yobaz dafür direkt an die Gurgel springen. Mit seiner Beherrschtheit war es augenblicklich vorbei.

Peters grinste innerlich. Ein guter Ansatzpunkt, den die Hansen da gefunden hatte. Er zwinkerte ihr unbemerkt zu.

»Was war Ihr Aufgabengebiet bei *Bio-Sun*?«, hakte sie auch gleich ein.

»Mir allein hat es der Hund zu verdanken, dass die ganzen Produktdaten in seinem beschissenen

ERP-System überhaupt existieren, verstanden? Mein Aufgabengebiet war sehr umfangreich, für diesen Hund hab ich sogar Überstunden gemacht, damit alles schneller effektiv genutzt werden konnte.«

»Und kümmerten sich zeitgleich um die Umorganisation des Lagers selbst? Zum Beispiel, um die Drogenlieferungen aus der Türkei umzuverteilen?«, schoss Peters ins Blaue hinein.

»Was? Quatsch! Wer behauptet das? Osman? Dieser …«

»Vielleicht …«

Einige Flüche in Korkmaz' Muttersprache folgten, auf deren Übersetzung Peters verzichtete. Seine Fantasie reichte aus, um sich den Inhalt vorstellen zu können.

»Nun mal Butter bei die Fische, Herr Korkmaz«, wurde Peters energisch und unterbrach die Schimpftirade. »Sie haben deutlich mehr gegen Yobaz in der Hand, als Sie bereits zugegeben haben. Ich will wissen, was! Ansonsten hängen Sie tiefer in der Scheiße drin, als Ihnen lieb sein dürfte!«

Die Hansen warf Peters einen warnenden Blick zu. Er winkte ab. Er wusste, er pokerte hoch, aber es wurde Zeit, Korkmaz aus der Reserve zu locken.

***

Es war Mesut Korkmaz nicht wirklich schwergefallen, an die Unterlagen zu kommen, die Yobaz erneut in einen Bio-Skandal verwickeln würden.

Es war noch nicht einmal so gewesen, dass er nach ihnen gesucht hatte. Im Gegenteil, Korkmaz war ja froh über den Job gewesen und hatte eifrig zum Vorteil seines Arbeitgebers gearbeitet, was dieser allerdings nicht zu würdigen gewusst hatte.

Da waren beispielsweise die möglichen Einsparungen durch die Erwähnungen von alternativen Transportmöglichkeiten, statt dem genutzten Landweg.

Oder die Kostenersparnis durch Versendung von ausreichendem Verpackungsmaterial auf dem Seeweg, statt auf dem Luftweg, wie es bei *Bio-Sun* üblich war. Eine einfache Übersicht ist mit einer Excel-Tabelle machte es möglich.

Nicht zu vergessen eine weitere mögliche Einsparung von 100.000€, weil Mesut der Einzige war, der das Angebot einer neuen Verpackungsanlage kritischer betrachtete. Osman hatte sich nur ein Angebot eingeholt, völliger unwirtschaftlicher Quatsch.

Mesuts wollte mehrere Angebote einholen und dann den Preis entsprechend drücken. Doch der Produktionsleiter wusste es natürlich besser. Kurz nach Mesut ist er dann ebenso geflogen.

Oder der Artikel aus der Zeitung, wie wichtig Fachkräfte wären und dass *Bio-Sun* ein moderner Ausbildungsbetrieb werden sollte. Als Mesut nämlich mal gefragt hatte, warum es keine Azubis gäbe, erwiderte Osman genervt:»Mesut, wir haben keine Zeit, uns um Auszubildende zu kümmern. Mach mal deine Arbeit und überlass das Denken mir.«

Zu guter Letzt war da noch die Sache mit dem Grundstück in Martfeld, wo der neue Firmensitz gebaut werden sollte. Mesut wandte ein, dass die Transport- und Logistikkosten eher steigen würden, weil die LKWs einen zeitaufwändigeren, längeren Weg über die Landstraße hätten. Osman hatte ihn nur ausgelacht.

Inzwischen jedoch war von einem Ankauf des Grundstücks und einer Verlegung des Firmensitzes nicht mehr die Rede. Mesut vermutete, dass das nicht die einzige seiner Ideen war, die Osman doch noch übernommen hatte.

Statt seinen Fleiß zu honorieren, der sich innerhalb kürzester Zeit positiv auf den Umsatz der Firma ausgewirkt hätte, beziehungsweise wohl in der Zwischenzeit auch hatte, hatte er Mesut grundlos gefeuert und mit seinen Ideen noch mehr Kohle geschaufelt.

Yobaz war dumm und arrogant, glaubte, ihm könnte nichts passieren. Geschickt stellte er sich jedoch nicht an, was seine Geschäfte betraf.

Mesut brauchte nur wenige Wochen, um alleine durch die Unterlagen, die zu seiner Arbeit gehörten, zwei und zwei zusammenzuzählen, und um zu erkennen, dass das nicht Bio ergab, wie Yobaz allen vorgaukelte.

Erst nach seiner Kündigung überlegte er, was er gegen diesen Hurensohn unternehmen wollte.

Rache, ja. Aber wie?

Einfach? Nein. Es musste schon eine besondere sein. Eine, die Yobaz endgültig das Genick brach und Mesut gleichzeitig einen Vorteil verschaffte …

Er grinste. Dieser Kommissar war nah dran, das wussten sie beide. Aber auch, dass er ihm niemals etwas nachweisen konnte, was für eine Verurteilung reichen würde.

Mesut musste also nur noch diese Vernehmungen absitzen, dann mussten sie ihn rauslassen. Die Zeit würde den Rest für ihn erledigen. Yobaz hingegen war nicht mehr zu retten.

Fast bekam er Mitleid mit dem alten, brummigen Polizisten, der ja auch nur seinen Job so gut wie möglich machen wollte. Wie er bei Yobaz.

Vielleicht konnte Mesut ihm noch eine kleine Freude machen …

***

»Sie wissen bereits alles, was ich weiß.« Korkmaz lächelte freundlich. »Was könnte ich Ihnen da noch erzählen?«

Peters wechselte mit der Hansen einen fragenden Blick. Er hatte keine Ahnung, worauf Korkmaz hinauswollte, und die plötzliche Freundlichkeit ließ ihn aufhorchen.

»Das soll heißen?«, bellte er den Verdächtigen an.

»Na, Sie sind doch in die Schule gegangen. Da haben Sie Rechnen gelernt. Zählen Sie zusammen, was Sie haben, und sehen Sie sich das Ergebnis an, das man Ihnen weismachen will. Ich bin nicht der Schuldige, ich bin auch nur ein Opfer.«

Noch so ein Opfer, stöhnte Peters innerlich, kurz davor, Korkmaz am Kragen zu packen.

Die Hansen trat ihm in den Weg und hielt ihn zurück.

»Sie sprechen von Yobaz' Geschäften?«, fragte sie Korkmaz.

Er nickte nur.

Seine Kollegin schloss sich dem Verdächtigen an. »Ich verstehe.«

»Aber ich nicht!«, brüllte Peters.

»Es ist ganz einfach«, erklärte ihm Korkmaz seelenruhig. »Sie können nicht beweisen, dass ich es war. Ich sage, ich bin unschuldig. Also müssen Sie mich laufen lassen. Sie haben nichts in der Hand. Einen ungelösten Fall.«

Als wenn er ihm das noch auf die Nase binden müsste! Peters spürte, wie er rot anlief und die Fäuste vor Wut ballte.

»Aber wenn Sie jemand anderem das Handwerk legen könnten …«, überlegte Korkmaz laut. »Ich sag Ihnen was …«

Auch wenn es Peters nicht passte, Korkmaz hatte seine volle Aufmerksamkeit.

»Italien.«

Bella Italia

Zwei Tage später.

Erneute Befragungen Korkmaz' hatten nichts ergeben. Nicht einmal eine Verbindung zu dem Video, das sich inzwischen rasend schnell im Netz verbreitet hatte, konnte man Korkmaz nachweisen.

Und die Bedrohung von Yobaz im Krankenhaus? Da stand eine wackelige Aussage von Yobaz' Lebensgefährtin gegen Korkmaz' Aussage, es hätte sich nur um einen freundschaftlichen Krankenbesuch gehandelt.

Sicher, Peters hatte Mesut selbst zu Yobaz gehen sehen, aber was im Zimmer passiert war, war reine Spekulation. Und seine zwei Begleiter würden mit Sicherheit für ihn aussagen.

Schlussendlich musste man Korkmaz, wie dieser es prophezeit hatte, auf freien Fuß lassen. Die wenigen Indizien reichten nicht für eine weitere Untersuchungshaft, geschweige denn eine Anklage aus.

Den Tobsuchtsanfall, den Peters beim Erkennen der Sachlage befallen hatte, hatte er zum Glück bis in seine heimischen vier Wänden verschieben und dort in seinem Garten an einer maroden Fichte ausleben können. Sie hatte schon lange gefällt gehört.

Es war ihm reichlich egal gewesen, dass die Kettensäge nach 23 Uhr einen Höllenkrach verursacht hatte. Falls ein Nachbar geklingelt hatte, um sich zu beschweren, hatte Peters es eh nicht gehört.

»Italien … was hat das mit dem Überfall zu tun?«

Unruhig lief Peters in seinem Büro auf und ab und blieb schließlich neben dem Schreibtisch seiner Kollegin stehen. »Klingelt da was bei Ihnen?«

Sie schüttelte den Kopf. »Leider nicht.«

»Verdammt!« Peters schlug mit der Faust auf den Tisch und raufte sich anschließend die Haare. »Wir haben nichts, aber auch gar nichts gegen Korkmaz in der Hand!«

Die Hansen nickte. »Es ist, wie er sagte, wir können ihm nichts nachweisen. Ich denke auch weiterhin, er steckt hinter dem Überfall, aber ohne Beweise …«

Peters ließ sich auf seinen Stuhl fallen. »Also schließen wir die Akte und ich gehe mit Gespött in den Ruhestand.«

Er fühlte sich plötzlich alt. Viel zu alt, um auch nur noch einen Tag hier rumzusitzen. Vielleicht sollte er sich krankschreiben lassen und sang- und klanglos von der Bildfläche verschwinden.

Was war nur aus ihm geworden? Seine Pläne für ein furioses Finale waren zerschlagen worden, er selbst war der Witz der Kollegen. Seine Vorgesetzten hatten ohnehin nichts anderes von ihm erwartet.

Es hatte mal eine Zeit gegeben, da hatte Peters seine Arbeit geliebt. Das war so unendlich lange her.

Und das war jetzt sein Leben gewesen? Er hatte keine Ahnung, was er mit dem Rest anfangen sollte, mit dieser Demütigung im Nacken.

Die Hansen ließ ihn keine Sekunde aus den Augen. »Und was werden Sie jetzt tun?«

Er zuckte die Schulter. »Was wohl? Hier rumsitzen und Kaffeetrinken, bis ich meine Entlassungsurkunde in die Hand gedrückt bekomme, und mich dann rausschleichen unter spöttischen Blicken …«

Seine junge Kollegin, die ihm in den letzten Wochen richtig ans Herz gewachsen war, schließlich hatte sie nicht ein böses oder vorwurfsvolles Wort über seine Niederlage verloren, lächelte. »Das sieht Ihnen nicht ähnlich, Kollege Peters. Das passt nicht zu Ihnen. Denken Sie nach! Ich denke, Korkmaz wollte Ihnen was Bestimmtes mit Italien sagen.«

»Ach wirklich?«, schnaufte Peters ironisch.

»Schade, dass er sich so unklar ausgedrückt hat!«

»Vielleicht ja nicht …« Die Hansen nahm endlich den Blick von ihm und durchforstete die Akten.

»Was wird das?«, fragte er schließlich, als nichts mehr kam.

»Ich suche.«

»Und wonach?«

»Italien.«

»Auf der Landkarte werden Sie schneller fündig!«

Sie musste lachen und klappte den Deckel zu.

»Okay, Sie suchen in den Akten …« Damit hob sie den Stapel über den Tisch hinweg zu Peters. »… und ich suche im Internet nach einem Zusammenhang zwischen Yobaz und Italien.«

»Und wenn wir das finden, überführt das

Korkmaz wie?«

»Vermutlich gar nicht, aber vielleicht entdecken wir was anderes Interessantes und überführen jemand anderen bei was auch immer.« Sie zwinkerte ihm zu.

Peters seufzte tief. »Na schön, sollte zumindest genug ans Tageslicht befördern, um meine nächste Urlaubsreise zu planen. Oder vielleicht verbringe ich ja gleich den Rest meines Lebens in Bella Italia und jage aus lauter Langeweile Mafiosos ...«

***

»Lassen wir das Video mit seinen Anschuldigungen mal außer Betracht und halten uns an die Fakten. Was haben Sie?«, fragte Peters seine Kollegin einige Stunden später, in denen sie kaum ein Wort gesprochen und sich und ihm noch nicht mal einen frischen Kaffee gegönnt hatte. Fast war er in Versuchung gekommen, selbst welchen zu kochen.

»Nicht viel«, gab sie zu, griff zu ihrer Tasse und verzog das Gesicht mit dem ersten Schluck. Der Kaffee musste inzwischen eiskalt wie seiner sein. Sie stand auf und ging zur Maschine, setzte neuen auf.

Na endlich.

»Offiziell gibt es keine Verbindung zwischen *Bio-Sun* und Italien. Weder wird da produziert, noch angebaut, noch habe ich dortige Zwischenhändler oder Zulieferer gefunden. Seine eigenen Anbauprojekte liegen nur in der Türkei, Afrika und Sri

Lanka. Und Sie?«

»Ich habe nur einen Hinweis auf Italien gefunden«, meinte Peters und suchte die entsprechende Seite in den Unterlagen, die bei der Razzia in der Firma beschlagnahmt worden waren.

»Apfeldicksaft, hergestellt in Italien.«

»Interessant. Laut der Werbung auf seiner Internetseite wird der ausschließlich aus türkischen Äpfeln hergestellt«, berichtete die Hansen und stellte ihm eine neue Tasse hin. »Warum der Umweg über Italien?«

»Verboten ist es wohl nicht. Vielleicht ist die Route kürzer oder die Produktion billiger.«

Peters kannte sich im Wirtschaftssektor nicht wirklich gut aus. Das hatte nie in seinem Zuständigkeitsbereich gelegen.

»Was mich allerdings verwundert«, fragte er sowohl sich als auch die Hansen, »ist die Tatsache, dass dieser Apfeldicksaft mit einigen Containern Kokosraspel und Kokosmehl verschifft wurde. Produkte aus Kokosnüssen. Wachsen denn Kokosnüsse in Italien?«

»Hm«, sie blätterte wieder durchs Netz, »wachsen wohl schon, aber weder dort noch in der Türkei gibt es Anbaugebiete. Und laut seiner Webseite stammen die Kokosnüsse für seine Produkte von seinen eigenen Anbaugebieten …«

»… die dann in Afrika und Sri Lanka liegen«, vollendete Peters den Gedanken und langsam verstand er, was Korkmaz ihm hatte mitteilen wollen.

Aufgeregt fuhr er fort: »Erinnern Sie sich an das gepanschte Olivenöl in Italien? Ging vor ein paar Monaten durch die Presse. Gefälschte Biowaren im großen Stil. Das riecht verdammt nach einem neuen Bioskandal. Und wenn Yobaz in den verwickelt ist, und ich den Kollegen den entsprechenden Hinweis liefern kann ...«

Er blätterte weiter durch die Akten. »Hier: Die Anschrift der Spedition, die die Container im Hamburger Hafen abholt. Vielleicht weiß der, wann die nächste Lieferung für *Bio-Sun* kommt.«

»Ich ruf den mal an.« Die Hansen hatte schon zum Telefon gegriffen und ließ sich von Peters die Nummer diktieren. Während des Telefonats machte sich ein breites Grinsen in ihrem Gesicht breit, denn keine zwei Minuten später hatte sie die gewünschte Auskunft. Bereits am nächsten Tag wurde eine weitere Lieferung aus Italien erwartet.

»Das nenne ich Glück!«, meinte Peters zufrieden. »Lust auf einen kleinen Ausflug nach Hamburg?«

»Warum nicht?«, stimmte sie ihm grinsend zu und griff gleich nochmal zum Telefon, um den Zoll zu alarmieren.

Peters feixte. Vielleicht zu früh, aber sein Gespür sagte ihm, die große Niederlage, die die Kollegen von ihm erwarteten, würde wohl ausbleiben.

Peters' Coup

Das Schiff war pünktlich entladen worden, die Kollegen vom Zoll vor Ort und man hatte in diesem unübersichtlichen, haushohen Gewühl sogar die richtigen Container sofort gefunden. Für Peters kaum nachvollziehbar, wie man sich hier auskennen und auch noch was wiederfinden konnte.

Er erinnerte sich an einen Fall vor vielen Jahren, wo das noch deutlich länger gedauert und etliche Menschen das Leben gekostet hatte.

Damals, in seinen Anfangsjahren, war er dabei gewesen, als sie einen Menschenschmugglerring hatten auffliegen lassen. Für die in einen luftdichten Container gepferchten Frauen aus Thailand war allerdings jede Hilfe zu spät gekommen. Sie waren erstickt. Seit Tagen tot.

Als der Container mit der Lieferung Kokosraspel nun geöffnet wurde, musste Peters die grausigen Bilder von damals gewaltsam verscheuchen.

Er atmete tief durch. Statt Leichengeruch wie in seiner Erinnerung war durchdringender Kokosgeruch mit einer feuchtmodrigen Nebennote zum Glück alles, was ihm entgegenströmte.

»Wenn so Bio riecht, bleib ich bei dem, was ich kenne«, raunte er der Hansen zu.

»Stimmt«, meinte sie. »Riecht etwas muffig.«

Die Kollegen vom Zoll entluden einen Teil der Ware und inspizierten sie.

Lebensmittelkontrolleure entnahmen Proben, um sie im Labor auf Herkunft und Alter zu bestimmen. Ebenso auf den Einsatz von Pestiziden und sonstigen, bei Bioprodukten nicht erlaubten Mitteln, die Peters im Einzelnen nicht interessierten. Hauptsache, man fand etwas, das Yobaz das Handwerk legen und ihm einen Sieg erbringen konnte.

Dass sie etwas finden würden, daran hegte Peters keinerlei Zweifel mehr.

Einige der 25kg Säcke wurden aufgeschnitten. Dabei zeigte sich, woher der Modergeruch stammte: im mittleren Teil vergammelte, schimmlige Kokosraspel.

Die Hinweise im Video, in denen auf einen ähnlichen Fall mit Cashewkernen hingewiesen wurde, die handverlesen aussortiert wurden und der Rest der verdorbenen Ware verkauft, stimmten also mit großer Wahrscheinlichkeit.

»Eindeutig zu früh abgepackt«, meinte einer der Männer vom Zoll. »Die Ware war noch nicht richtig getrocknet.«

»Na also!«, freute sich Peters und rieb sich die Hände. »Jetzt müssen wir nur noch auf die Ergebnisse warten und einen Bioskandal nachweisen, dann haben wir ihn!«

Abschied

Mit einem mulmigen Gefühl im Magen stand Polizeihauptkommissar Peters in seinem Schlafzimmer vor dem Kleiderschrank und blickte in den mannshohen Spiegel.

Lange hatte er sie nicht mehr getragen. Seine Ausgehuniform war wie er in die Jahre gekommen, am Bauch spannte die Jacke, einzig der vierte silberne Stern auf der Schulter machte sich gut, egal aus welchem Grund er ihn nun doch noch erhalten hatte.

Keiner hatte damit gerechnet, Peters am allerwenigsten, dass er so kurz vor dem Ruhestand noch eine Beförderung einheimsen würde.

»In Anbetracht der langen Verdienste«, hatte Holt einen Tag vor Weihnachten gemeint und ihm kameradschaftlich auf die Schultern geklopft.

Pah, Peters wusste es besser. An den Weihnachtsmann glaubte er schon lange nicht mehr. Mitleid war es gewesen. Oder die Freude über seinen baldigen Abschied. Vielleicht wollte man ihn mit dem mickrigen Gehalt auch nur nicht zum Sozialfall machen.

Heute war es nun soweit. Seine Verabschiedung. Der lang erhasste Ruhestand war unabwendbar da.

Peters überlegte ernsthaft, seiner eigenen Feier fernzubleiben. Wozu sollte er auch hingehen? Um die Freude auf den Gesichtern der *Kollegen* zu sehen?

Es klingelte an der Haustür.

Das musste die Hansen sein. Sie hatte es sich nicht ausreden lassen, ihn abholen und fahren zu wollen. Das gehöre sich so, hatte sie gemeint, damit er auch was trinken könne.

Pah! Das junge Ding wollte doch nur sichergehen, dass er auch kam und sich nicht drückte. Er hätte ja auch ein Taxi nehmen können.

Natürlich hatte sie recht mit ihrer Befürchtung, das war ja sein Problem.

Missmutig und nervös stapfte er die Treppe hinunter und öffnete.

»Schick sehen Sie aus, Kollege Peters!« Sie strahlte ihn an. »Bereit?«

»Wofür?«, ranzte er zurück. »Für ein Leben voller Langeweile und –« Er biss sich auf die Zunge. Einsamkeit hatte er noch sagen wollen. Das musste sie nicht wissen. Das ging sie nichts an.

Er zog brummelnd die Tür hinter sich zu.

Die Hansen hakte sich bei ihm ein.

»Ich hau schon nicht ab«, murrte er.

Sie lachte. »Ich hab Ihnen Polizeischutz versprochen für den heutigen, großen Tag, und den bekommen Sie auch.«

Hatte sie tatsächlich, am Tag, als sie ging. Nicht dass er sie um ihre Begleitung zu den Feierlichkeiten gebeten hätte.

Bereits zwei Tage nach seinem großen Erfolg war sie zurück zum LKA beordert worden, ihr Schreibtisch in seinem Büro verwaist.

Ihr Schreibtisch. Verdammt. In was für Begrifflichkeiten er doch inzwischen dachte.

Er hätte froh über die Ruhe sein sollen, doch stattdessen vermisste er das hilfsbereite, stets fröhliche, unbefangene junge Ding mit dem übertriebenen Hang zum »Bitte« und den Talenten, rasch an wichtige Informationen zu kommen.

Dazu konnte sie noch um die Ecke denken und kochte einen sauguten Kaffee.

Mit den Fallbearbeitungen war er alleine geblieben. Das war auch die letzte Aufgabe gewesen, die man ihm zugedacht hatte.

Danach hatte er bis zum Antritt seines Resturlaubes Däumchen drehen dürfen. Und sein Büro ausräumen. Hoffentlich hatten alle Pflanzen den Umzug in der Winterkälte gut überstanden.

»Aufgeregt?«, fragte die Hansen und öffnete ihm die Beifahrertür. Ein Zivilwagen des LKAs. »Bitte.«

»Warum sollte ich?«, brummte er, verkniff sich das »Danke« und ließ sich schwer auf den Beifahrersitz fallen. »Ach sieh an – Becherhalter.«

Die Hansen hatte inzwischen auf dem Fahrersitz Platz genommen und lachte.

»Ja, gehört zur Grundausstattung der neuen Flotte. Soll ich noch schnell einen Kaffee besorgen?« Sie zwinkerte ihm zu. »In Erinnerung an alte Zeiten?«

Peters musste, ob er wollte oder nicht, lachen. Dann seufzte er tief.

»Und wohin hat man Sie jetzt verfrachtet?«, fragte

er statt einer Antwort, während sie losfuhr.

»Zur Sonderermittlungsgruppe in Sachen Großfamilie«, erzählte sie sichtlich stolz. »Ich bin da zwar die Neue und das kleinste Licht, aber freu mich, zu so einem wichtigen Fall berufen worden zu sein.«

»Gut gemacht«, meinte Peters ehrlich. »Das haben Sie sich auch verdient. Ohne Sie kriegen die die ja eh nicht am Wickel.«

Überrascht, mit einem warmen Lächeln, blickte die Hansen ihn an. »Danke!«

»Bitte.« Peters grinste frech.

Der Rest der etwa 45 Kilometer langen Fahrt verlief überwiegend schweigend. Nicht weil Peters nichts sagen wollte, sondern weil er nicht wusste was und wie.

Abschiede hatte er schon immer gehasst. Einfach, weil alle immer im Hass geendet hatten. Seine Ehe, seine Beziehung zu seinem Vater, seiner Mutter. So vieles war im Bösen gesagt worden. Keiner hatte mehr Gelegenheit bekommen, etwas von dem zurückzunehmen. Oder einen neuen Anfang zu wagen.

»Wie geht es Ihrer Mutter?«, platzte die Hansen mitten in seine Gedanken.

»Verdammt! Woher wissen Sie …«

»Das Hinweisschild Richtung Celle eben. Ihr Blick darauf. Sie sagten, Ihre Mutter lebt dort im Altersheim. Ich kann mir gut vorstellen, dass man an Tagen wie heute über alte Zeiten nachgrübelt, und was man gerne hätte anders machen wollen.«

Peters schüttelte perplex den Kopf. »Verdammt, sind Sie gut!«

Sie schmunzelte. »Profiler Ausbildung. Gehört heute dazu. Körpersprache lesen und so. Aber danke. Ein Kompliment aus Ihrem Mund ist mir mehr wert als jede Beförderung.«

Er schnaubte. »Wieso das?«

»Weil es ehrlich gemeint ist«, sagte sie schlicht und fuhr auf den Parkplatz.

Sie stellte den Motor ab und wandte sich Peters zu. »Kollege Peters – es war mir eine Freude, mit Ihnen zu arbeiten. Trotz all Ihrer Bärbeißigkeit haben Sie das Herz auf dem rechten Fleck, auch wenn das niemand wissen soll. Und Sie haben mir gezeigt, dass Hartnäckigkeit manchmal viel wichtiger und effizienter ist, als auf die Vorschriften zu hören.«

Peters glaubte es kaum. Ja, tatsächlich. Er spürte, wie ihm die Röte ins Gesicht stieg. Bevor es noch schlimmer wurde, machte er, dass er aus dem Wagen kam.

Die Hansen stand gleich wieder neben ihm, hakte sich erneut unter. »Wollen wir?«

»Müssen trifft es eher«, schoss Peters zurück, atmete tief durch und betrat mit dem jungen Ding an seiner Seite die Höhle des Löwen.

***

Sie waren alle gekommen. Im großen Saal des Präsidiums standen sie in Grüppchen und warteten nur auf ihn.

Die meisten sicher nur wegen des kostenlosen Büfetts, dachte sich Peters. Oder um sicherzugehen, dass er auch wirklich verschwand.

Dann glaubte er seinen Ohren nicht zu trauen. Sie applaudierten. Waren die so froh, dass er ging?

Seine Stirn runzelte sich.

»Die sind genauso stolz auf Sie wie ich«, flüsterte die Hansen an seiner Seite vertraulich.

»Pah!«

»Hauptkommissar Peters!« General Holt eilte überschwänglich auf ihn zu, ergriff und schüttelte seine Hand, bis Peters glaubte, sie würde ihm samt Arm aus dem Schultergelenk gerissen werden. »Na, wie fühlen Sie sich an Ihrem Ehrentag?«

»Ehrentag?«, echote Peters. »Ich will Sie mal sehen, wenn man Sie eines Tages einfach so abserviert.«

Peters konnte es kaum glauben, sein Chef lachte fröhlich.

»Oh, ich freue mich auf den Ruhestand. Endlich mehr Zeit für die Enkelkinder, mit meiner Frau auf Reisen gehen, öfter mal mit dem Boot auf die Weser raus. Oder rüber nach Skandinavien. Langeweile wird wohl kaum aufkommen.«

»Ja?«, brummte Peters angesäuert. »Schön für Sie. Können ja tauschen. Ich mach gern noch eine Weile Ihren Job und Sie schippern unterdessen in der Weltgeschichte rum.«

»Ach, Kollege, ich werde Ihren Humor vermissen!«, meinte Holt lachend, nickte der Hansen freundlich zu und eilte zum Polizeipräsidenten, den er scheinbar gerade erst entdeckt hatte.

»Jetzt verstehe ich, warum Sie öfter mit ihm aneinandergeraten sind«, sagte die Hansen.

»Einfühlsam ist der Mann ja nicht gerade.«

»Was Sie nicht sagen …« Peters Blick richtete sich auf die provisorische Bar. »Ich brauch was zu trinken.«

An der Bar wartete schon der nächste unliebsame Gast auf ihn. Thomas Klingebiel.

Peters nickte ihm zu. Verdient hatte der das nicht, aber immerhin hatte Peters seine vier Sterne mit höherer Gehaltsklasse ja doch noch bekommen.

»Wird langweilig ohne Sie werden, Peters«, meinte Klingebiel, was sogar ehrlich klang, und drückte ihm ungefragt ein Bier in die Hand. »Keine Ahnung, mit wem ich mich jetzt zanken soll.«

Peters war zum zweiten Mal an diesem Tag sprachlos.

Und es sollte auch nicht das letzte Mal bleiben.

Er brachte diesen Abend mit Ansprachen, Beglückwünschungen, echter sowie falscher Anteilnahme an seinem schweren Schicksal, dem Ruhestand, irgendwie hinter sich, ohne groß aus der Rolle zu fallen. Wenn er konnte, hielt er den Mund, wenn nicht, schrieb man seine Ausbrüche seinem trockenen Humor zu.

Pah, als wenn er jemals Humor besessen hätte!

Irgendwie konnte er das Ganze sogar etwas genießen. Vielleicht lag es an der Hansen, die nicht von seiner Seite wich und offenbar eine beruhigende Wirkung auf alle anderen hatte. Oder an den etlichen Gläsern Bier, die er zwischendrin leerte. Wie auch immer, er wollte es nicht hinterfragen.

Irgendwann, als auch die Letzten gegangen waren, was wohl so gegen Mitternacht war, brachte die Hansen ihn wieder nach Hause.

Er ließ sich, angezogen wie er war, auf sein Bett fallen. In seiner Hand hielt er noch die Urkunde, die ihm nun offiziell bescheinigte, zum alten Eisen zu gehören. Nicht mehr zur Polizei und zu niemandem sonst.

Holger Peters war so einsam, wie man es nur sein konnte, und hatte keine Ahnung, was er mit dem Rest seines Lebens anfangen sollte.

Schöne Scheiße!

Mit diesem Gedanken fiel er in einen unruhigen Schlaf.

Sünden verjähren nicht

Das war er also – der siebente Tag im Ruhestand. Peters wusste nicht, ob er lachen oder weinen sollte. Er saß in seinem Wohnzimmer und blickte hinaus in den Garten. Es schneite. Er wusste noch immer nicht, was er mit seiner vielen Freizeit anfangen sollte.

Er war die ganze Woche zur gewohnten Zeit aufgestanden, hatte in Ruhe wie an einem dienstfreien Sonntag gefrühstückt und die Zeitung gelesen.

Heute hatte dies ausnahmsweise bis Mittag gedauert, hielt ein Artikel auf der Titelseite doch seine Aufmerksamkeit gefangen:

Bremer Kripobeamter deckt kurz vor seiner Pensionierung Bioskandal auf.

Der Fall war der Öffentlichkeit endlich präsentiert worden und hatte ziemliches Aufsehen erregt.

Peters hatte den Artikel ausgeschnitten, ausgemessen und würde sich einen schönen Bilderrahmen kaufen. Nur den besten Platz dafür musste er noch finden, schließlich sollte jeder Besucher seinen Ruhm sofort sehen können.

Er schnaubte. Das würden nicht viele sein, denn wer kam ihn schon besuchen?

Wie auch immer, die Freude über den erneuten Bioskandal um Osman Yobaz hatte nicht einmal die Mittagszeit überdauert, zu der sich Peters ein riesiges Steak mit Bratkartoffeln gegönnt und dabei wohlweislich auf Gemüse und alles, was Bio hätte sein können (oder auch nicht) verzichtet hatte.

Und nun saß er hier, es war gerade fünfzehn Uhr vorbei, hielt ein Bier in der Hand und hörte der höhnisch langsam tickenden Wanduhr zu, dem einzigen erwähnenswerten Geräusch in seiner Umgebung.

Das Läuten an der Haustür ließ ihn zusammenschrecken.

Wer konnte das sein? Der Postbote war schon durch und kam an einem Samstag auch nicht mehr zu dieser Zeit.

Er stand auf und schlurfte wie ein alter Mann zur Tür. Als wäre ihm trotz des Erfolges sämtliche Energie abhandengekommen. Was für ein Witz! Wie würde er sich in einem Jahr – oder in zehn – fühlen?

Er schüttelte den Kopf, straffte sich und öffnete die Haustür.

»Moin, Kollege Peters!«, begrüßte ihn ein strahlendes Lächeln unter einem Blondschopf, und eine Hand zur Begrüßung streckte sich ihm entgegen.

»Hansen?«, rutschte ihm ungläubig heraus, während er die angebotene Hand schüttelte. »Was wollen Sie denn hier?«

»Sie besuchen, was sonst?«, lachte sie. »Kommen Sie mal mit zu meinem Wagen, ich hab was für Sie.«

»Für mich?« Vor Überraschung vergaß er schlichtweg unfreundlich wie gewohnt zu sein. Die Hansen besuchte ihn ... wer hätte das gedacht? Er sicher nicht.

Peters stellte die Puschen beiseite und schlüpfte in seine Gartenschuhe, folgte ihr über den verschneiten Weg zu ihrem Auto, das an der Straße parkte.

Sie hatte den Kofferraum bereits geöffnet und winkte ihn hektisch zu sich. »Beeilen Sie sich, er kann die Kälte noch nicht so gut ab!«

Das freche Ding hatte ihm doch wohl keinen Hund oder Kater gekauft? Peters hasste Haustiere.

Er stakste zum Wagen und atmete erleichtert durch. Kein Tier. Ein … Baum? »Was ist das?«

»Ein Seidenbaum.« Sie hievte das auf der Seite liegende, gegen die Kälte gut verpackte Gewächs, das den gesamten Kofferraum samt runterge-klappter Rücksitze in Beschlag nahm, vorsichtig heraus. »Können Sie bitte mal mit anfassen? Der Topf ist schwer.«

Peters rührte keinen Finger. »Und was soll der hier?«

»Hier gar nichts, der ist für Ihren Garten. Ich wollte eigentlich eine Zimmerpflanze kaufen, was Spezielles, so wie Sie, aber als ich dieses Pracht-exemplar in der Gärtnerei sah, wusste ich, den muss ich mitnehmen.«

Sie hatte auch ohne seine Hilfe den Baum aus dem Wagen bekommen und auf der Straße abgestellt.

Zeit für Peters einzugreifen. »Nicht auf den kalten Boden! Da erfrieren ja sofort die Wurzeln!«

Er packte mit an und gemeinsam schleppten sie den Kübel ins Haus.

Im Wohnzimmer, neben der Terrassentür, stellten sie ihn auf Peters Geheiß ab.

Die Hansen sah sich um. Peters tat es ihr nach und erblickte seine Wohnung plötzlich mit ihren Augen.

Viel hatte sich seit seiner Scheidung nicht verändert. Das Wohnzimmer wirkte alt, muffig und leblos. Etwas tief in ihm schämte sich dafür. Doch das Gefühl schob er sofort beiseite.

»Und was soll das jetzt?«, ranzte er die Hansen brummig an.

Sie lachte. Das unverschämte junge Ding lachte mal wieder!

Peters musste sich ein Grinsen verkneifen.

Auch wenn er es nicht zugeben wollte – und vor ihr auch nicht zugeben würde –, er hatte sich an sie gewöhnt und mochte sie. Sie war ihm wie eine Tochter ans Herz gewachsen und zum ersten Mal in seinem Leben bedauerte er, keine Kinder zu haben. Vielleicht wäre er dann jetzt nicht so einsam gewesen.

Und, wenn er ehrlich war, hatte er die Hansen in den letzten Wochen verdammt vermisst.

»Ein Geschenk für einen Freund«, sagte sie, als wäre es das Normalste auf der Welt, gerade ihn als Freund zu betiteln.

Er schnaubte. »Und dann schenken Sie mir eine Mimose?«

»Genau darum.« Sie zwinkerte ihm zu. »Ich kenne Sie besser, als Sie zugeben würden.«

Peters musste herzhaft lachen. Und zugeben, es

tat ihm gut. »Kaffee?«

»Wow!« Gespielt erstaunt griff sich die Hansen ans Herz. *»Sie* bieten *mir* einen Kaffee an? Und wollen den auch selbst kochen oder beordern Sie mich gleich in Ihre Küche?«

»Musste mir ja schon die ganze Woche selbst meinen Kaffee kochen«, wetterte er zurück wie gewohnt. »Sie waren ja nicht da!« Freundlichkeit sollte man nicht übertreiben.

Er stakste in die Küche. Sein Besuch folgte ihm auf dem Fuße.

Während er an der Filtermaschine hantierte, las sie den ausgeschnittenen Zeitungsartikel, der noch auf dem Küchentisch lag.

»Den haben Sie sich verdient«, meinte sie mit Blick auf den Artikel, als Peters ihr einen Becher frisch gebrühten Kaffee hinstellte und sich ebenfalls mit einem ihr gegenüber hinsetzte.

»Haben Sie das Interview mit Yobaz von dieser Journalistin schon gesehen? Steht überall im Netz und wird heute Abend bei *RTL Nord* und *Buten un Binnen* gesendet.«

Er schüttelte den Kopf und nippte an dem Kaffee, während sie das Interview auf ihrem Smartphone aufrief und ihm hinlegte.

Peters schenkte ihr einen zweifelnden Blick. »Ich soll mir das doch wohl nicht auf dem winzigen Ding da antun, oder? Pah!«

Er stand auf, nahm seine Tasse mit und winkte der Hansen, ihm zu folgen.

Im Arbeitszimmer, dessen gesamte Wandflächen mit vollgestopften Aktenordnern dekoriert waren, startete er seinen PC und überließ ihr den Platz davor. »Hier!«

»Ui, Windows XP, sieht man kaum noch«, meinte sie amüsiert. »Aber immerhin ein Rechner, hätte ich gar nicht gedacht. Was sind das alles für Ordner?«, fragte sie und rief nebenbei das Video auf.

»Recherchen, Berichte, alles was in 35 Jahren Dienst so anfällt und das Revier nicht interessiert.«

Die Hansen nickte. »Kenn ich. Zum Glück gibt es heute Festplatten, die brauchen nicht so viel Platz. Ich hab auch schon ein paar Terrabyte Daten gesammelt, aber die passen noch bequem in meine Handtasche.«

Dass das Gör es auch immer besser wissen musste! Grummelnd suchte er nach einer passenden Antwort. Das startende Video mit dem Interview entband Peters jedoch von einer Antwort.

Er zog sich einen Stuhl heran, der sonst als Tritt fungierte, um die Regale in Deckenhöhe zu erreichen.

Osman Yobaz hatte sich richtig in Schale geschmissen. Blauer Anzug, ein paar Goldkettchen, polierte Schlangenlederslipper. Nein, Geschmack hatte dieser Mann wirklich nicht.

Peters bemerkte, obwohl Yobaz' Gesicht überschminkt war, vermutlich von seiner Lebensgefährtin, noch diverse Blessuren von dem Überfall.

Er saß in seiner Wohnung auf einem dieser

Riesensofas, eine Krücke lehnte am Bildrand.

»Das wurde gemacht, kurz nachdem er aus dem Krankenhaus raus war«, überlegte Peters laut.

Die Hansen nickte. »Und vor allem, bevor er von der animierten Riesenameise in dem Skandal-Video plattgetreten wurde.«

Die Journalistin stellte sich vor und war die Freundlichkeit in Person. Als engagierten Biohändler bezeichnete sie Yobaz und der platzte fast vor Stolz.

Peters musste sich arg beherrschen, während er dem selbstgerechten Geschwafel zuhörte, dass Yobaz im Anschluss von sich gab.

»Warten Sie ab«, tröstete die Hansen leise.

Wie immer hatte sie seinen Gemütszustand erfasst. Peters grinste innerlich kurz.

Schließlich begann das eigentliche Interview.

Zu Beginn stellte die Journalistin Fragen über Osmans Werdegang, welche dieser natürlich gerne und ausführlich beantwortete und immer wieder betonte, wie erfreut er über dieses Interview sei und wie sehr ihm das Wohl seiner Kunden und Mitarbeiter am Herzen liege.

»Ja, das haben wir ja vor Ort gesehen«, meinte Peters trocken.

Die Hansen lachte. »Frech, oder?«

»Herr Yobaz, das klingt alles sehr positiv und kundenorientiert. Aber es gibt fast nur negative Mitarbeiterbewertungen über Sie im Internet. Können Sie uns erklären, warum Ihre Mitarbeiter anscheinend so eine ganz andere Meinung über Sie haben als Ihre Kunden?«

»Wie? Nein, das kann gar nicht sein«, hielt Yobaz irritiert dagegen. »Da haben Sie sicher sehr einseitig recherchiert.«

»Wenn Sie sechs Bewertungen für einseitig halten ...«, meinte die Journalistin.

»Ach, die meinen Sie«, gab Yobaz plötzlich zu. »Das hat mein Anwalt geklärt. Das war nur eine Namensverwechslung, die waren gar nicht von meinen Angestellten.«

»Ach ja?«, hielt die Journalistin dagegen und einen Ausdruck in die Kamera. »Hier sehen wir allerdings Ihren Namen, den Namen Ihrer Firma Bio-Sun und die Namen Ihrer Mitarbeiter, die auf diesem Ausdruck«, sie hielt einen anderen Zettel in die Kamera, »im Mitarbeiterverzeichnis Ihrer Firma auftaucht.«

»Wo ... Woher haben Sie das?«

Die Journalistin lächelte zuckersüß. »Sie geben es also zu? Sie sind ein schlechter Arbeitgeber?«

Yobaz riss empört den Mund auf, klappte ihn aber gleich wieder zu, wurde rot bis zum schütteren Haaransatz und schwieg.

»Nun gut, kommen wir zum nächsten Punkt«, kündigte die Journalistin an. »Sie werben mit Abendland – so schmeckt die Sonne. Beschreiben Sie doch bitte mit Ihren eigenen Worten, wie die Sonne schmeckt.«

»Na ja ... wie die Sonne eben so schmeckt ... frisch, saftig ... alles von bester Qualität«, brachte Yobaz, nervös an seinem Kragen spielend, stotternd heraus.

Für Peters scheinbar endlos empfunden zog sich

die Plauderei noch hin, in deren Verlauf sich Yobaz wieder fing. Eitel erzählte er bis ins letzte Detail aus seinem Leben, von seinen Geschäften und seiner Firma, die schon seit 30 Jahren bestünde, bis zu einer Frage, die ihn sichtlich aus der Fassung brachte.

»Herr Yobaz, ich würde gerne von Ihnen wissen, ob und wie die Produkte in der Türkei geprüft werden? Insbesondere, wie das in einem Fall von Gift-Sultanien aus dem Jahre 1994 gehandhabt wurde.«

Yobaz' Finger umklammerten plötzlich die Sessellehnen, bis die Knöchel weiß hervortraten. *»Wie? Gift-Sultanien? Was soll das heißen?«*

»Ich habe einen sehr interessanten Hinweis von einem aufmerksamen Verbraucher bekommen, was ich natürlich vorab selbst nachrecherchiert habe. Demnach haben Sie vor rund 30 Jahren mit Pestiziden belastete Sultanien als Bioware deklariert und auch so verkauft.«

»Das war … das war nicht meine Schuld!«, stotterte Yobaz. *»Das … das waren die Bauern in der Türkei, die ohne mein Wissen … Wissen Sie, ich als Abnehmer muss doch darauf vertrauen können, dass die Bauern die Bestimmungen einhalten. Ich kann doch nicht alles und jeden überprüfen!«*

»Aber doch wohl Ihre eigene Zweitfirma, die in Ihrem Auftrag die Ware angeblich kontrolliert und eingekauft hat.«

»Meine was?«, haspelte Yobaz und strich sich nervös über den Kopf. Schweiß stand ihm auf der Stirn. Sein Blick flog unruhig zwischen Kamera und Journalistin hin und her. *»Ich bin unschuldig! Das*

stimmt so alles nicht ...«

»Jetzt bricht er ab«, unkte Peters schadenfroh.

»Noch nicht, da kommt noch was«, verriet die Hansen gut gelaunt.

Die Journalistin erklärte den Zuschauern in aller Gemütsruhe die Details von dem damaligen Skandal, listete Personen und Firmen auf, die beteiligt gewesen waren, während Yobaz immer nervöser wurde, und kam zu ihrer letzten Frage.

»Wenn Sie damals wirklich unschuldig gewesen sind, wieso haben Sie die Firma gleich danach verkauft und sich sofort ins Ausland abgesetzt?«

Yobaz schaute verdutzt und bereute wohl in diesem Moment sein Einverständnis zu diesem Interview, ehe er mit der nächste Frage konfrontiert wurde.

»Erinnern Sie sich an Ihren Onkel Halil, den Sie vor über 30 Jahren um seine ganzen Ersparnisse, genauer gesagt 100.000 DM, gebracht haben sollen?«

Eine verbale Antwort blieb Yobaz seinen Zuschauern schuldig. Stattdessen rastete er aus, schimpfte in seiner Muttersprache, was das Zeug hielt.

Dann griff er nach seiner Krücke, sprang auf und stürzte auf die Kamera zu. Ein Schlag mit der Gehhilfe, das Bild wackelte, rauschte, dann brach es ab.

Erneut erschien die Journalistin auf dem Bildschirm, diesmal an der Straße vor Yobaz' Wohnung.

Sie erklärte die Zusammenhänge in Bezug auf den

erneuten Bio-Skandal heute und dass sie und ihr Team Osman Yobaz wegen Körperverletzung und Sachbeschädigung rechtlich belangen würden.

Peters feixte. »Geschieht ihm recht! Der macht so schnell keinen Laden mehr auf.«

»Schon gar keinen Bio«, meinte auch die Hansen. »Die Staatsanwaltschaft hat sich bereits eingeklinkt. Nachdem, was ich von den Kollegen gehört habe, haben wir mit der Lieferung in Hamburg nur die Spitze des Eisberges angekratzt. Zufrieden?«

Sie drehte sich zu ihm und lächelte Peters an.

»Jap«, sagte er und war es auch.

»Und was werden Sie jetzt mit Ihrem wohlverdienten Ruhestand anfangen?«

»Wie meinen Sie das?«, fragte er verwundert.

Sie nickte zu den Akten in ihrem Rücken. »Da schlummern doch noch haufenweise unerledigte Fälle, oder?«

»Ja, wieso?« Im gleichen Moment dämmerte es ihm, worauf die Hansen hinauswollte. Er grinste breit. »Mensch, Mädel, du bist doch die Beste! Aber nur, wenn du mitmachst!«

Sie wiegte den Kopf und tat, als müsste sie überlegen. »Hm … ein büschen Zeit neben der Arbeit werd ich wohl überhaben.«

Aufgedreht sprang Peters auf. »Dann lass uns darauf anstoßen!«

Er holte eine Flasche Schnaps und zwei Gläser aus der Schreibtischschublade, schenkte sie voll, reichte ihr eins. »Ich heiß übrigens Holger.«

»Annika«, meinte sie nur und stieß mit ihm an. »Auf eine weitere, gute Zusammenarbeit!«

Ende